Lou Drofenik

The Confectioner's Daughter

甜品店的
女儿们

[马耳他]卢·德罗菲尼科——著　　　王　颖——译

上海译文出版社

献给埃拉和阿齐奥
我美丽的两个孙女

目 录

我爱给自己讲故事。

——杰姬·柯林斯

　　我站在糖果店的橱窗前，呆住了，沉迷于流光溢彩的蜜饯，如梦似幻的果子冻，还有万花筒般璀璨的酸果糖——红色、绿色、橙色、紫色：我渴望这些色彩，也垂涎于它们所许诺的快乐。

——西蒙娜·德·波伏瓦

第一部

一

　　父亲的葬礼弥撒结束，古迪塔·瓦萨洛坠着颗沉重的心回家。
她在前门站定，理了理门环上被风吹乱了的黑色蝴蝶结，从口袋
里掏出把大钥匙，打开门，走进面包房。关上门，脱下黑色的法
尔代塔 ① 连帽斗篷，把它的褶皱收拢，将衬有硬纸板的帽檐贴在
胸前，她走过两个木桶、柜台和烤炉，眼中却似乎什么也没有看
到。打开通往后屋的门。在狭窄的走廊中她呼吸着清冷的空气，
把法尔代塔斗篷挂在门后的钉子上，然后上楼走进自己的卧室。
出于习惯，她关上了卧室的门。她的手拂过黑色的丧服，感受到
自己紧实的胸部、小腹和大腿。她踢掉黑色的鞋，脱下黑色的连
裤袜，除去黑色的衣裙。屋里的两面镜子都蒙上了床单，但她知
道自己看上去一定糟透了。黑色吸走了她脸上所有的血色，而且
在接下来的两年中也将如此。她仰面躺在床上，衬裙遮着腿，双
手十指交叉掩着腹部，她思绪万千，想弄明白过去这两天到底发
生了什么。

　　她的父亲死在了意大利面和兔子肉之间。她就是这样告诉医
生的，不用多做解释，医生一下子就明白了。他知道，就在她返

---

①　法尔代塔（Faldetta）：一种可以包裹全身的连帽斗篷。——本书注释除特
　　殊说明外均为作者注

身把兔子肉铺在炸土豆上的那一刻，她的父亲走了。他走得如此悄无声息，以至于当她托着两个盘子转回身，看到她的父亲脸朝下趴在桌子上时，她还在琢磨，他这是在搞什么鬼，他向来并不爱胡闹的。现在就这样躺着，她的目光扫过天花板——两根支撑着房顶石板的橡木梁，一块大雨过后就会出现的霉斑，一根黑色的蜘蛛丝，像吊床一样从一个角落悬到另一个角落，她本想打扫那里的。

现在古迪塔不得不想一想未来了。三十二岁依然未婚的她，可以想见的未来就是孤身一人在这面包房中辛苦劳作。当然她也可以结婚。但是，嫁给谁呢？她把村子这头每一条大街小巷在自己的脑子里捋了一遍。三个带着孩子的鳏夫，一个又聋又哑的掘墓人，一个年过半百的裁缝。当然她也可以请媒人。她还真认识几个，只是如果她让媒人进家门，她父亲一定会大怒。

"他已经死了。"她想，叹了口气。

虽然葬礼弥撒的时间很短，但还是耗尽了她的气力。神父没有讲关于死亡和救赎的长篇大论，这让寥寥几个参加葬礼的女人们松了一口气。

匆匆地画了十字，点头以示同情后，女人们就走。古迪塔知道，自己的面包房一关门，她们就必须走去村子另一头买面包。现在父亲静静地躺在教堂下面的墓穴中，再也没法高声责骂，再也不会诅天咒地。现在这片屋檐下终于得以安宁，这个想法让她一阵内疚。她唯恐父亲的魂魄能够读取她的思想，而且还会用某种方式来惩罚她，于是她努力抹去记忆中父亲僵硬而愤怒的面容，并且努力搜寻他微笑的样子，但是一无所获。

"他不懂快乐，"她想，"同时还扼杀了我的那一份。"

她的朋友姬蒂说有种从天而降的欢乐，她何时体味过？姬蒂形容，快乐悄悄潜入身体，当它充盈全身时，她恨不得放声高歌，又或者站在屋顶飞向蓝色的苍穹。那样纯粹的快乐，古迪塔从未体验过，儿时不曾有过，成年后也未曾经历。为什么一切都是那样沉重不堪？为什么生活仿佛掏空了自己，她才三十二岁却感觉像是走到了生命的尽头？还有什么可以指望吗？姬蒂描述的那种感觉，那种怀着期待心儿扬起小腹缩起的感受，她还会不会有？她还能快乐吗？父亲去世以来，她的眼角第一次落下一滴真正的眼泪，这滴泪并非为那些期待她悲伤的人们而流。更多的泪水涌了出来，她这才意识到，她不是在为父亲哭泣，而是为自己，为了那些在父亲钢铁意志的禁锢下逝去的年华。尽管害怕坟墓中的父亲仍能控制自己，但她再也无法抑制自己内心的呼声。

"他走了，你的生活可以自己做主了。"

*

是的，这屋子、这面包房都可以按照她的意愿来处置。她可以把一切都卖了，然后像早些年她父亲的亲戚们那样远走他乡，她可以去澳大利亚找她种甘蔗的叔叔，或者去纽约找她姑妈。不过她知道她不会这样做，也不能这样做。毕竟她的生活已经被细细密密地织入了这纠结的乡村生活。搬去其他地方，将切断她的生命线，这条将她和这房子拴在了一起的线，也是她生计和活力的来源。她知道她无法独自经营面包房，要搬沉重的面粉袋，要照看炉火，还要接待顾客，一个人根本忙不过来。和父亲一起工作仿佛照着剧本演戏。除非出了意外，比如烟囱堵了，面包房里满是令人窒息的烟雾，或者面粉有了霉味，又或者更糟，顾客拿着发霉的面包找了回来。正常情况下都是行云流水一般。父亲站在搅拌桶的一边，她站在另一边。他提起一袋重重的面粉，熟练地把部分面粉倒入搅拌桶，一勺也不会泼洒出来，他掏出一个坑，她把准备好的一壶温水注入其中。两人都预知对方接下来的动作。经过多年的练习，配合臻于完美。这一刻她看见他的脸，那不是时不时被愤怒扭曲了的脸，而是一张全神贯注的脸，他的眼睛盯着白色面团和他的双手——这双手就男人而言是小了些——轻轻拍打面团，仿佛那是个活物一般。现在终于，她为他感到悲伤，真心地为他哀悼。虽然与他相处不易，但他热爱自己的工作，而且把一切都教给了她，现在即便没有他，她也能经营这个面包房，并且以此为生。精疲力尽的她睡着了，脑海中最后的念头是，如何才能找到一个愿意在她的面包房中干重活儿的人。

*

男孩告诉她，自己十九岁。

"骗子，"她心想，"你怎么也不会超出十七岁。"

"那么，我能为你做点什么？"等她听懂他的话后，她问道。

那天是她父亲葬礼的日子，他敲开面包房大门时，已是傍晚五点，老面正在木桶中冒着泡，炉火也燃得正旺。

"工作。"他说，然后又用意大利语重复了一遍。

她把他上下打量了一番，个子挺高，骨瘦如柴，长了张西西里人的黑脸庞，一双眼睛碧绿。她摇了摇头。

"没有，没有工作。"她对他说，一脚退回门内，当着他的面就准备关门了。

"我是甜品师。"他用意大利语说道。

她听懂了。

"不，我不需要甜品师，我需要面包师。"

她在脑子里努力搜索这个词。

"面包师。"她用意大利语重复了一遍，以示强调。

"对，面包师。"他一脸坦诚的笑容，边说边用大拇指点点自己的胸膛。

"好的面包师。"他用意大利语说，又用马耳他语重复了一遍。

她摇了摇头，但她的确急需一个帮手，于是门没关，他进了屋。

她看着他默默走向水桶，洗手然后擦干，这个动作给她留下了深刻的印象，比笔试还管用。

"那，甜品师，你叫什么名字？"她边问，边递给他一条围裙，这曾属于她父亲。

"阿尔菲奥。"他告诉她。

她熟练地提起一袋已经拆封的面粉，慢慢倒进放着老面的木桶，眯着眼看了看他。

"现在倒要瞧瞧，你到底有点啥能耐。"她暗想。

他双手拍上面粉，胳膊伸入木桶揉捏面团，那股劲头几乎让她发笑。

"慢一点。"她告诉他，并示范他应该怎样做。

他按照她的节奏，揉捏折叠，直到她表示可以了。她抓了两把面粉，撒在每个面团的表面。

"现在醒面。"她说。

*

她告诉他，她付不起工钱，但他可以住在面包房后面的屋子里，也可以吃她做的饭菜。她是个好厨师，而且用料也不吝啬，她有一个喜欢口腹之欲的父亲。她留下了他，因为她相信他是上天派来的。虽然他坚称自己是个甜品师傅，而不是个做面包的，但他学东西很快，而且只要她吩咐，什么活儿都愿意干。她可以想见村子里会有流言和猜测，但她打定了主意，这些无法改变她留用他的决定。他是个好工人，这才是关键。但在村民们的眼中，他是异类，无论听上去还是看起来，他都与他们不同。他的相貌没给他带来什么好处。虽然和村里的年轻男人一样，他的脸也是黑黑的，但不像他们那样棱角分明，倒像是女人一样柔和圆润。和那些在村头咖啡店晃悠的年轻男人比起来，他更高，走路时步履自信。这让那些坐在酒吧外长木凳上的男人们心生不满，照例他们对过往的行人总是要议论一番的。

神父的姐姐是第一个向古迪塔发出警告的，说她选择了一条通往诱惑的险途。

"哪种诱惑？"古迪塔反问道。

"你知道的。"女人答。

古迪塔笑了。

"我的年纪都可以做他的姑姑了。"她说。

"是姑姑也好，不是姑姑也罢，你们都有血有肉，而且他就睡在你的屋檐下。"

*

正是"血"和"肉"这两个字唤醒了她。

看着他用湿漉漉的袋子擦拭烤炉底时，她想到了"有血有肉"。

老得可以做他姑姑了，她一边自我谴责，一边用沾着面粉的手捋了捋头发。

这天晚上，他们肩并肩揉搓着发起的面团，她发现自己正注视着他裸露的前臂，灯光下柔软的汗毛是闪亮的，突然有股冲动传递到她的手上，想知道它们摸上去会是什么感觉。

"傻女人。"她边骂自己，边俯下身把面前木桶里的面团狠狠地乱捣了一通，阿尔菲奥提醒她别太用力。

"哦，你现在倒是比我还懂了。"她嘲笑他。

"没有，是你说这样会让面包变硬的。"

"没错。"她打断了他的话。

*

他做面包时的确很努力，但这并非他兴趣所在。他一心想向她展示自己做甜品的本领。

"我要给你做个海绵蛋糕，这样你就知道我到底是不是个甜品师傅了。"说这话时是个星期六的晚上，他们正吃着晚饭，为周日准备的面团正在木桶中发酵。

"我猜你需要鸡蛋。"她说。

"是的，十个鸡蛋和两杯糖。还有用于发酵的氨。如果你有佛手柑油就好了！你有柠檬吗？"

"十个鸡蛋！"她被这份奢侈给吓了一跳，"没有柠檬，不过我有两个血橙。"

"不行，只能用柠檬，要么就索性什么都不放。"他一脸严肃地看着她。

*

"十个鸡蛋！"她的朋友姬蒂不禁惊呼。古迪塔说出自己想要的东西，姬蒂的反应和她听到阿尔菲奥说出他需要的东西时一样。"这我得存上一个星期。"她的朋友告诉她。

"换三个大面包。"古迪塔对她说。

"哦不，也许可以换一卷 ① 酵母夸哈饼 ②。你知道孩子们有多爱那玩意儿。"

古迪塔点点头。

"你要十个鸡蛋做什么？"姬蒂问。

"阿尔菲奥想做一个海绵蛋糕。他想向我证明他是一个甜品师而不是一个面包师。"

"大家可都在讲闲话呢。"姬蒂说。

"我知道！约翰神父的姐姐已经警告过我了，说我会被阿尔菲奥诱惑，我老得都可以做他姑姑了。"她说。

"我肯定会被诱惑。"姬蒂的黑眼睛放着光说，"他长得可不赖。"

她们坐在姬蒂的小院子里，院中间种了棵柠檬树，周围摆了六七盆花，角落里有一口井，她俩坐在高高的后墙投下的阴影里。古迪塔穿过了整个村子前来拜访她的朋友，她很少这么做，她没有时间坐下来闲聊。但是那十个鸡蛋，和对阿尔菲奥能否做出海绵蛋糕的好奇，促使她放下手中的家务。烈日炎炎，别人都躲在家里时，她却风尘仆仆地走来她朋友家。

"你本来就容易上钩！"古迪塔笑着说。

"没错，但我什么也没做不是。一直等到尼古拉斯出现，你看我现在，"她边说边低头看着自己的身体，"十一年生了七个孩子，

---

① 一卷（Rotolo）：约合一公斤。

② 夸哈饼（Qaghaq）：一种圆形饼干。

牙齿掉了一半，乳房像枕套，头发也白了。我今年三十二岁，看起来像是四十岁，感觉像是五十岁。再看看你，比我还大三个月，看起来却只有我一半的年纪。诱惑！如果可以回到过去，我可不会再这样轻易屈服，我知道婚后的生活是什么样子。把他赶走，让他消失。"

*

古迪塔确信，正是那些流言，那些关起门来的窃窃私语，把她脑袋里的暗火给煽着了。周日约翰神父布道，那番话肯定是特别针对她的，因为他描述了撒旦是如何将罪恶包装得美好而令人向往，慢慢地引诱受害者一步一步通往邪恶。她身在教堂，耳边是神父的训导，心里想的却是阿尔菲奥，他这会儿正在做那奢侈的海绵蛋糕，不知道他有没有把炉温降下来，那些他独自调配的混合物该不会烤煳了吧。一定是那篇布道点燃了她内心的火焰。是的，一定是那篇布道彻底地唤醒了她，以至于她顾不上和任何人说话，便急匆匆地离开了教堂。她的脑子里只有一件事。她要亲眼看着海绵蛋糕出炉，赶在阿尔菲奥将它放上餐桌之前。她向聚集在教堂台阶上交谈的女人们匆匆点了点头，脚步一刻不停，一路走到面包房门口。新鲜出炉的面包香味扑鼻而来，整整齐齐摆放在托盘上的圆面包让她的心安了下来，今天不会有什么不顺遂的。再过几分钟她的顾客们就会来取面包，他们中的大多数将送来他们周日需要烘烤的东西，然后她就一刻不得闲了，起码得忙到下午一点。走进面包房，阿尔菲奥背对着她站在烤炉前，手里拿着长柄木铲，正把放着他试验品的托盘从烤炉里取出来。古迪塔靠过去，想看看他在做什么，她的脸轻轻碰到了他的肩。

"发得没有我预计的那么高。"他把托盘送到她面前给她看。

"十个鸡蛋，"她用指尖触了触海绵蛋糕，"我可以做蛋饼给十个人吃。"

"你都还没尝呢。"他沮丧地说。

"拿去厨房。面包房马上就得开门了。"

*

她不想搭理他，对他这任性的孩子气的表演，突然感到莫名的恼火。所有这些麻烦就为了这么个看似蛤蟆饼①的东西。她拉开放钱的抽屉，开始数硬币，四分之一便士，二分之一便士，一便士，最后把总数记在心里。虽然她发现阿尔菲奥是个诚实的人，但她还是无法完全信任他。然后她回到厨房开始准备午餐，等一下和顾客送来的食物一起放入沙瓦②烘烤。一方金黄色的海绵蛋糕在厨房的餐桌上放着光，阿尔菲奥拿了壶热气腾腾的咖啡，看着古迪塔又用指尖戳了下蛋糕。

他慢慢地给她倒了一杯咖啡，小心地没有搅起壶底的咖啡渣，

① 蛤蟆饼（Froġa）：一种鸡蛋饼（omelette）。
② 沙瓦（Xewa 又称 Shawa）：周日女人们把自家需要烘焙的食物送去村里的公用烤炉，因为她们自家厨房没有烤炉。

把咖啡壶放回到煤油炉上，切下一块蛋糕递给她。

"你觉得怎么样？"他的笑容有些紧张，等待着她的反应。

古迪塔闭上眼睛，咬了一口羽毛般松软的海绵蛋糕。

"甜品师，你要让我发财了。"她微笑着说，所有的计较都消失了。

"如果我有小方锅可以分开来烤，那样会发得更高。"他告诉她。

"那就这么干，"她说，"但是现在我们的顾客正在外面排着队等待他们的面包。"

*

他来以后，她的顾客变多了。一些人甚至舍弃了原先的面包房，从两个街区外来她这里。当然她知道，这不会持续太久，一旦新鲜感退去，人们又会回到原有的习惯。现在她是他们的话题人物，想要知晓她的动向，还有什么比亲自过来看看更好的呢？他也一样，女人们显然对他很有兴趣。虽然她们说的马耳他语他只会几个词，但他说话的样子很让她们着迷，他的微笑让他年轻的脸庞闪闪发光，让他说出的那几个词熠熠生辉，她们也更加确信，古迪塔不可能抵挡得住这诱惑。

这天上午对她来说似乎漫长得没了尽头。首先是排成了长龙的女人们，推搡着只为得到她和阿尔菲奥的注意，说自己必须赶紧回家做中饭，然后呢，好容易面包卖完了，又得为沙瓦给烤炉添柴。九点开始烤第一炉，二十四盘各式各样的周日大餐——廷帕纳①、烤米饭、烤土豆、意大利乳清干酪馅饼，还有一个漂亮的肉饼，客人特别交代她不要烤煳了。很快就是十点半了，第一批顾客来取烤好的午餐，第二批顾客又带来了等着进炉的食物。十二点半，所有的午餐都被取走，面包房里弥漫着各种食物的味道，门已锁上。古迪塔拿着盛有土豆和洋葱的烤盘走进厨房，放在桌上，这是最后一炉沙瓦烤出来的。今天上午的这通忙乱，让她都忘记在土豆上撒孜然了，这本来已经成为她的本能，于是夹在土豆中间的两片猪肉失去了她喜爱的味道。那块要命的海绵蛋糕吸引了她所有的注意。忽然闪现的一个念头搅乱了她的心绪。如果把面包房改为甜品店那将如何？那样就可以告别夜间烤面包的苦差，也不用长时间地站着招待顾客。她一直想摆脱这个行当，现在机会来了。看着坐在对面等着她上菜的阿尔菲奥，她笑了。

"请吧，甜品师，今天上午您辛苦了。"她说道。

她喜欢看他吃东西的样子，像个有教养的女人那样叉起食物。和她父亲完全不同，她父亲总是狼吞虎咽地吞下任何她放在他面前的食物，吮吸，咀嚼，用他那结实的牙齿像狗一样把骨头咬得嘎嘣响。她发现自己正冲着他微笑，想起那些闲言碎语，她挪开眼。

"由他们说去。"她想。

他在她之后吃完，向后一靠，朝她微笑，一双绿眼睛闪闪

① 廷帕纳（Timpana）：通心粉（macaroni）和肉汁烘焙而成的面食。

发光。

"很好吃。"他告诉她。

"忘记放孜然了，猪肉也有些硬。"她恨恨地说。

他听懂了她的话，现在他的耳朵已经适应了这种刺耳的语言，其中很多词汇的发音和他说的西西里语很相似。

"不要紧，"他说，"还是很好。"

她站起来，俯身拿走他的盘子。当她与他擦身而过时，她清楚地意识到他的存在，以及他身上洋溢着的年轻的气息。四周一片寂静，厨房和面包房之间那扇紧闭的门，将她与外面的世界隔离开来，突然之间，她真真切切地意识到她正和他独处一室。这突如其来的意识，这突如其来的感觉，让她急忙转过身，她本想和他保持距离，却失手把他的盘子跌落在了石灰岩地面上，摔得粉碎。

"看看我都干了些什么！"她生气地想，因为她讨厌打碎东西。

她弯腰去拾碎片，他站在旁边帮忙，靠得如此之近，他们的头几乎靠在了一处。她强烈地意识到他，她知道，如果不想有什么事情发生，就该赶紧走开。但她没有动——她没法动。

"让我们远离诱惑。"她听到神父和他的姐姐的告诫声。

"让我们远离诱惑。"她听到村里的女人们齐声诵道。

"我做不到。"她想。

她把脸转向他，手里拿着一把盘子碎片，望向他的眼睛，她看见自己的脸在他双眸的绿色海洋中沉浮，感觉自己的身体变得柔软，一种前所未有的感觉蜿蜒流过全身，将她融化。在疯狂的结合中，她发现自己的衣服已经褪去，躺在他们的脚边，那些纽扣、搭钩和衣带仿佛是自动解开的。突然间，全世界就只剩下他们，除了他俩，一切都不再重要。邻居们的闲言碎语，监视着他们的父亲的魂魄，神父早上针对她的演讲，这一切都再也无法阻止她。两人一世界，在这厨房冰冷的地面。她朋友曾无数次笑谈的那种感觉，那种她无法理解也未曾想象的感觉，它漫过了她灵魂的最深处，填满了她全身每一丝空间，那种她以为此生再也无法获得的令人颤抖的快乐，终于被她拥有。两人的快乐汇成一个漩涡，她以为自己的心跳将就此停止。过后，她把他的脸捧向自己的胸，没有一丝后悔。

"活了三十二年，竟然从来都不知道。"她想。

她过去的生命竟是如此贫乏！噢，如果早知道！如果早知道！她绝不会等这么久，这么多年的孤独，这么多年来没有触碰，没有亲密，没有光滑的肌肤间的彼此抚慰，没有肢体和头发的相互交缠。

*

这种快乐是隐藏不住的，她的顾客们看到，尽管在黑色丧服的映衬下她的脸色依旧苍白，但整个人有了神采，眼中闪烁着前所未有的光。她从家中的两面镜子里也看到了自己的变化，她体内的热化作了光。阿尔菲奥掠过她乳房和身体的手，激发了她的活力，点燃了她的美丽，将她从她的躯体里解放了出来。至于神父，接下来几周她跪在他耳边轻声忏悔时，都拒绝透露她和阿尔菲奥之间的事情，因为她确定她为自己所做的决定是正确的，没有人，尤其是神父——一个纯洁的未婚者——能够理解她的渴望，那是多年来屈从于父亲钢铁般的意志之下郁结而成的。随着爱情的生长，身体的成熟，面包房的生意也蒸蒸日上，似乎身边的一切都因为她的幸运而一片欢欣。阿尔菲奥用小方锅烘焙的海绵蛋糕，一出炉就售罄。瓦莱塔的一家咖啡店下了一次订单后，就成了常客。现在她能付得起阿尔菲奥的工钱了，她把余下的钱放在锡罐里，藏在圣像后面的墙洞中。

*

当她的月经停止时，古迪塔知道，这下全世界都将知道她的羞耻，并且就此评判她。在面包房，她试着用一个大围裙来掩盖，出门时她就用丝绸的法尔代塔斗篷把自己裹起来。但是村里的女人们目光敏锐，甚至在她之前，就发现了她的麻烦。她们的态度改变了，对她充满了恶意。这怨恨并非因为她未婚先孕，而是因为她果然被她们料中，而且没有听从她们的告诫，她再也不是她们所认识的那个人了。男人们的敌意则是针对这个年轻男人，因为他竟然胆敢抢走原本属于他们的工作，还霸占他们的女人。他们在酒吧说的那些污言秽语中涌动着怨恨，燃起了一些不满分子的愤怒，他们觉得本地人应该对这种侮辱予以反击。

一个星期五的晚上，当第一批面团正在发酵时，阿尔菲奥去村尾取一盒鸡蛋，那是一个海军黑市商人给他预留的。口袋里揣着钱，脑袋里满是他想要尝试的配方，他走到一个拐弯处，那里一堵高高的石墙向外伸出，任何从南边过来的行人都可以隐身于此，他所有的梦想就此止步。

姬蒂的丈夫从他家那块小田地回家，半路发现阿尔菲奥躺在地上，他的衬衫被撕开，脸被打得血肉模糊。

"古拉！"他咒骂道，"这是哪个混蛋干的？"

尼古拉斯把阿尔菲奥背回了家。

"看看我们的邻居都干了些什么，"尼古拉斯愤怒地说，"快去找古迪塔还有医生。"

*

面包房的敲门声听起来很是急促。姬蒂的脸隐在法尔代塔斗篷的阴影里，快步闪进温暖的面包房。

"阿尔菲奥遇到意外。所有的事都放下，去我家。我去找医生。"

酸面团已经发好了。如果不加入面粉就会变坏，可现在这都是无关紧要的小事了。古迪塔在围裙上擦了擦手，抄起厨房门后挂着的法尔代塔斗篷，锁上店门。她的心怦怦直跳，跑向村子的另一头，心里乱作一团。

"什么样的意外。"她想。

她怎么也不会想到，他遭人暗算，已是奄奄一息。

"被脱缰的马踩到了？被屋顶上或者阳台上掉下的东西砸到了？"

等她到达朋友家时，已经把所有可能发生的意外列了一长串。但当她看到他肿起的血肉模糊的脸时，她一下子就明白了，这是一起蓄意袭击。

"是谁干的？"她惊恐地问道。

阿尔菲奥摇了摇头。"我没有看到。"

医生说，阿尔菲奥被打断的鼻梁和颧骨，他无法修补，只能靠阿尔菲奥自己恢复。从发际线至耳侧有一道伤口，他的眉毛也裂开了，医生会把这道伤口缝合起来。

"这事你必须报警。"医生处理完后告诉古迪塔。

"不，别找警察，"她对他说，"我不想把他们牵扯进来。"

"可我必须这么做，"医生说，"必须找到行凶的人，让他受到惩罚。"

"那样我们的情况只会更糟。"古迪塔担心随之而来的报复。

他看看她的肚子，问道，"你打算怎么办？"

她低头看看自己，把手放在肚子上，像在保护它。

"你找接生婆了吗？"他问她。

她摇摇头。

"年轻人，你拿定主意了吗？你打算拿这个女人和她怀着的孩子怎么办？"医生用意大利语问阿尔菲奥。

"什么孩子？"阿尔菲奥困惑地问道。

"你的孩子。"

"她从没提起过。"阿尔菲奥说。

医生耸了耸肩。这一对寡言却固执，真让他上火。他收拾起自己的东西，告诉古迪塔，阿尔菲奥需要安静，并说自己明天上午会再来看他。

"不在这儿，先生，请到面包房来。"古迪塔告诉他。

"那就在面包房。"医生说。

*

"你怀了孩子，可你却什么也没说。"过后阿尔菲奥对她说。

"我想等等，等确定了。"她告诉他。

"我们得结婚。"他说。

"我们必须结婚。"他坚持道。

一度她也曾有过这样的遐想，他会娶她为妻。有一天当她独自一人时，她从抽屉里取出母亲的结婚戒指，试了试。阿尔菲奥从没和她谈过结婚的事，她知道他不该和她绑在一起，毕竟他比她年轻得多。她有个模模糊糊的想法，她将独自把孩子抚养成人。毕竟，她有一份好营生，而且她也没有什么可以跟随一生的丑闻。只要她有阿尔菲奥，未来还很遥远，她既不想刺探答案，也不想用什么策略来改善任何可能在遥远的将来降临在她身上的境况。现在他告诉她，他想娶她。

"但是你比我年轻太多。到十一月我就三十二岁了，你呢？你多大？"

"我十九岁。"他严肃地说。

"十七。"她质疑。

"不，十八，"他说，"两周前我满十八岁。"

*

那天早上没有面包，面包房的门一直锁着。当第一个女人用拳头敲门时，古迪塔从楼上的窗户探出头，用整条街都能听到的声音，叫她自己去烤面包。

稍后古迪塔去神父家，神父姐姐的脸上挂着胜利的微笑。

"约翰神父现在没空，他正在喝咖啡。"她告诉古迪塔。

"我可以等。"古迪塔说。

古迪塔在过道的硬椅子上坐下。几案上摆着一溜圣徒塑像，对面墙上挂着一排圣徒画像，他们似乎都在嘲笑她。她觉得他们那一眨不眨的眼睛仿佛想要窥探她所有的思想。她不安地垂下眼睛，盯着脚上那双在面包房穿的旧鞋。

"我忘了换鞋。"她想，这比藏在衣裙下的隆起更让她难堪。

*

"结婚不可能这么快。首先要出结婚公告，然后我们要调查一下这家伙的底细。他在自己的国家有没有结过婚？他是否信奉我们的宗教？"

"我想在孩子出生前结婚。"她告诉神父，脸羞得通红，声音几乎颤抖。

"你犯下罪恶之前就该想到这一点。"他告诉她，黑色的小眼睛毫不妥协。

"他是多么的强硬，多么的顽固。"她想，她把手伸进裙子的口袋中，掏出一叠英镑。

"我想下周一结婚，晨间弥撒之后。"她边说边把这叠英镑推向他。

他的眼睛似乎没看见那叠钱。

"不可能。"他不耐烦地在桌上不停敲着铅笔。

古迪塔的手伸向另一个衣兜，又掏出一叠英镑。这次神父终于垂下了眼睛，点了点头。

"圣安德鲁祭坛，下午四点弥撒之后。"他告诉她。

"只要有钱，什么事都办得成。"她的父亲总是这样告诉她，他是对的。她的婚礼花了她五十英镑，这是父亲留给她的积蓄的三分之一。

"这个男人姓什么？"神父边问边把纸笔推向她。

"阿尔菲奥·维斯孔蒂。"她用最美的字体写下这名字。

写的时候她突然意识到，她甚至都不必更换母亲留下的亚麻织品，那上面精美地绣着她姓名——乔瓦娜·瓦萨洛的首字母。

*

婚礼那天早上，阿尔菲奥告诉她，他看见了两个她。古迪塔内心深处有种不祥的预感。为了不让他担心，她微笑着逗他说，那是因为她太爱他，所以一分为二，好更多地爱他。在教堂里，尼古拉斯和姬蒂作为婚礼见证人站在一旁，当他把戒指戴到她的手指上时，她注意到他抖动的手，就像患有某种老年病一样。

接下来的几天，他时常抱怨头晕目眩，尤其是有阳光时。他睡午觉时，她用床单遮住卧室的窗户，即便如此，从波斯百叶窗穿进来打在墙上的窄窄的阳光还是会引发他的头疼。医生开的药作用不大，尽管医生警告他服用时不要超过规定的剂量，但有时头疼得厉害，他会服用双倍的剂量，这令他昏昏沉沉，只能躺下。古迪塔挺着个大肚子，只好雇了两个年轻人来面包房帮忙。每当想起这一切，她就会诅咒那些家伙，是他们打垮了这样一个年轻人。

她把他抱在怀里，轻抚他抽动的头。"为什么？为什么有人会这样对你？"她真想问他。

当他复视恶化，双手抖得已经无法拿住任何东西时，她带他去马耳他的首都瓦莱塔看病，专家告诉他们，殴打损伤了他颅内深处的部分大脑，他年轻而健康，也许会自行痊愈。他还告诉他们，在瓦莱塔也有医生可以做开颅手术，但是手术很危险也很昂贵。

"手术都能成功吗？"古迪塔问。

"不总是，"专家告诉她，"再等一等吧。"

然而专家开的更猛的药也没能缓解他的头疼。情况变得很糟，有时他会整天都躺在床上，脸朝着墙壁。

有一天，他认不出她来，问她是谁，这把她吓坏了，她紧紧地抱住他，说她是他的妻子，很快就要生下他的孩子了，求他说他认识她。

*

预产期的前两周，阿尔菲奥说他感觉好多了。

"你看，我的手几乎不抖了。"说着他伸出双手给她看。

古迪塔把他拥入怀中，吻他的双手。

"我一直在祈祷奇迹的发生。我承诺要奉上很多的弥撒和香烛，我得找时间把它们记下来，不然我会忘记的。"

"当然，你可不能忘记，要知道，那些圣徒们正苦苦地等着这些东西呢。"他笑着对她说。

那天下午，他出去散步，当时她正在休息。

阿尔菲奥这一走就再也没有回来。接下来是三天疯狂的搜寻。邻村两个警察被调来协助。邻居们竭力回忆最后一次见到他是什么时候。有人跟他简单地说了几句话，还有人看到他离开村子向海边走去。有人说他已经从岛上逃走，回他来的地方去了。第四天，一个农妇在自家田里的露天蓄水池打水，闻到了一股可怕的味道。往暗处望下去，她看到有什么东西浮在水面。他是被人推下去的，还是自杀？这是每个人心中的疑问。如果他是被推下去的，那就必须找到凶手并予以惩处，但如果阿尔菲奥是自杀，那就是抹不去的污点，不得葬在神圣的教堂墓地。

"我不能断定这是自杀，因为我不知道到底发生了什么。"医生告诉约翰神父。

负责查明真相的警察遭遇了沉默，这使他确信有些人知道的远比说出来的要多。对此他并未感到惊讶，因为在这个村里，沉默是神圣的，而打破沉默的人，必然而且很快就会遭到报应。

*

姬蒂没有让约翰神父参与阿尔菲奥的葬礼，因为她了解古迪塔对他的看法。她的丈夫找了贝内迪克特神父，一位和蔼的老神父来为葬礼弥撒致辞。尽管神父并不十分了解这位青年，但他还是被他的死亡深深地触动了，就像他曾是自己家庭中的一员。他为他哀悼，因为他是如此年轻，本应有大好的前程。他为他哀悼，因为他再也无法拥抱自己的孩子，无法学习做一个父亲，看着孩子长大。但最令他悲痛的是他所在的这个教区，因为在他心目中，像这样致命的袭击，不仅是凶手的恶行，也是整个社群的耻辱。怀着这样的想法，他面向教众谈及这个年轻的陌生人，他怀揣信念来到这里，努力工作，诚心诚意地想成为他们中的一员，现在却冰冷僵硬地躺在这教堂中间的棺材里。

"你们当中有人心如铁石，当末日审判到来时，知晓你内心一切的上帝将找到你，祂会说：'我曾在异乡为异客，你不曾给我容身之处，我饥饿时你不曾给我食物，我干渴时你不曾给我清水，我赤身裸体，你却不曾为我遮羞。'"

他看了看一排排的女人——乌鸦般隐藏在黑色的法尔代塔斗篷中，坐在教堂的一侧，还有另一侧屈指可数的几个男人，看了看停放在教堂中间的黑色棺木，又看了看大门外那一小片天空，他绝望了。他知道，尽管相同的语句曾在这座教堂中回荡了一个多世纪，直至他离去并被人们遗忘之后还将继续回荡，但这些话却不曾也不会改变这些充满怨恨的心灵。

古迪塔如果听到这些话，一定会痛哭流涕心有戚戚，但是因为临近分娩，此时的她只能待在家中。医生禁止她出门。

"如果有必要的话，就把她锁在家里，"他告诉照顾她的姬蒂，"我开的药应该能让她安睡，但在孩子出生之前，我不想她离开你的视线。"

"一定要保孩子平安。"他说。

*

经过痛苦而漫长的分娩，新生的婴儿很健康。

"一个漂亮的女孩！"接生婆笑着说，"我们给她起个什么名字？"

古迪塔战栗着转开头去。

"这本该是个快乐的时刻，"她想，"但我的心里却只有恨。我不要这个孩子，我要的是阿尔菲奥。我要他等在门外听他女儿的第一声啼哭。我要他走过来，坐在床边，告诉我他有多爱我。我在乎她叫什么名字吗？她的出现毁了我的生活。"

"她必须有个名字。"接生婆坚持道。

"你选个名字吧。"古迪塔喃喃道。

"但这是你的孩子，你一定知道你想叫她什么！"接生婆对她说，"随你的母亲，叫乔瓦娜？"

"不，厄运跟了我母亲一辈子。"古迪塔说。

"明天她就要受洗了，我们不能让她连个名字都没有！"

"你想一个吧。"古迪塔说话的时候头都没从枕头上抬一下。

"罗茜怎么样？是个很美的名字，医生的女儿也叫罗茜。"接生婆说。

"随便！是的，罗茜不错。"古迪塔漠然地说。

*

于是第二天，这个婴儿身着姬蒂七个孩子都曾穿过的那件洗礼服，躺在接生婆的怀中，被抱去了教堂。几天前阿尔菲奥的棺木就曾停放在这座教堂中。同行的还有婴儿的教父母尼古拉斯和姬蒂，以及他们的七个孩子。

去教堂前，接生婆给古迪塔洗了澡，换下睡衣，梳了头发，轻轻地为她编了两条辫子，像花冠那样盘在头顶。接生婆给她搽了爽身粉，换下带血的衣物，像母亲一样对她轻声细语，告诉她，正如仁慈和宽恕，复仇也与上帝同在。

"我诅咒他们！我诅咒那些凶手，我诅咒他们的儿孙。"她痛苦地说。

"时间会治愈你的心。"接生婆对她说。

"时间！时间！多长时间？一百年？一千年？"她问。

*

其他人都去教堂了，只剩她一个。接生婆对她的悉心照料没能让她放松下来，反倒让她的身体变得几乎僵硬。现在屋子里一片寂静，她感到自己的心被一层坚硬的东西包裹了起来，她知道这将很难消融，也许永远无法消融。躺在大大的婚床上，身边是接生婆换下的床单，古迪塔目光落在床对面的一幅画上，这是她的母亲带来的嫁妆，一幅用玻璃装裱的图画，上帝将手伸出，手指指向亚当。她看着上帝苍老的脸、白色的胡须和凌乱的头发。她看着祂嶙峋的面颊、深陷的眼睛，她有生以来第一次觉得永生的上帝竟是如此可怕。祂的惩罚是如此残忍而迅猛。她本该知道的，童年时在教理对话课上，她花了很多时间背诵戒律。曾有智者警告过她，她却置若罔闻。她听到了她身体的欢唱，听到了海妖们吟唱千古的诱人歌曲。她不只倾听了，而且服从了。她倾注了全部的热情跟随它，她三十二年来绷得有如弓弦般的身体被触发了，犹如久旱的土地吸收甘露，它贪婪地攫取他的种子，并孕育出一个孩子。现在看着上帝的怒容，她明白了。她知道未来的岁月将是怎样的可怕且空虚。她知道前面的路途将是怎样的坎坷、狭窄且曲折。过去曾经发生的，所有永远失去的，原本可能发生的，她知道这一切将如何折磨她的灵魂，她又将如何拖着一颗沉重而愤怒的心走向痛苦的终点。她知道这憎恨和复仇的欲望将伴随她直至生命的尽头。

她的女儿呢？她心里还有空间来爱她吗？噢，如果可以，她宁愿把她送走，交给陌生人去抚养，因为一见到她，她就恶心，女儿的哭声让她如此厌烦，她恨不得把女儿砸向墙壁，一了百了。她也想在心里找块地方给这个从自己身体里出来的生命，但此时此刻，她满脑子都是她自己的父亲，从前他听到噩耗时那恐怖的样子，她甚至可以听到他扯着嗓子咒天骂地，那声音曾令她胆战心惊。

"他妈的，他们欺负我家闺女。我要弄他们。我要弄死他们每一个人。看我是不是说得出做得到！"

这声音在她脑海里是如此清晰嘹亮，她不禁转身，想看看他是否就在这里。记忆中的他是那么坚强，任何事任何人都吓不倒他。她记得那天他勇敢面对卫生检查员，那人威胁要关闭他的面包房，除非他肯行贿。她记得那天有个女人带来一片面包，里面有什么东西，女人声称那是蟑螂，还说要去投诉，他接过面包，看了一眼，一口吞下，证据就这样没了。的确他是位严厉的父亲，一次又一次地违背她的意愿，因此她曾打心底里恨他。但她也知道，他尽心尽力地抚养她，保护她，教育她。她不记得他曾向她表露过情感，但她一直都知道他是爱她的，一心一意只为她好，除此之外别无他求。或许她一直都在责怪他认为没有人配得上她。现在品尝过天堂的滋味之后，她又是孤身一人，这比以往任何境遇都更糟糕。

"你不是一个人。你还有个女儿要养育。"父亲的声音告诉她。"我有一个女儿要养育，我做到了。我再婚了吗？你以为没有想嫁我的女人吗？你以为没有我想娶的女人吗？但是我有你，我有你，我要如你母亲希望的那样把你抚养成人。而且这件事我做得也还不赖。你以为我不曾为你母亲悲伤吗？你以为把你送去孤儿院这样的念头从来也没进入过我的脑袋吗？但那该多丢人啊，一个父亲把自己的女儿送去给别人抚养！"

古迪塔从床上爬起来，走到窗前，拉开窗帘看着街道。午后的街道朦朦胧胧的，像熟悉的剧院布景，正等待着被赋予生命的活力。狭窄的街道上一间间屋子紧挨着，各色的大门和波斯窗都紧闭着，抵御午后的炎热。马路对面街角的垃圾，堆在那里已经一周了，等着被人运走。一条孤独的狗在一道阴影里伸展身体。她站在窗前，依旧隆起的肚子贴着温暖的石墙。一扇门打开了。邻居猛地倒出畚箕里的垃圾，又迅速地关上门。那条孤独的狗伸个懒腰，站起身，慢慢地走开了。对面酒吧的老板开了门，用破抹布赶走一群苍蝇。药剂师安东，鼓起的疝气像在裤子里塞了一包糠，像往常一样费力地打开商店的门。就在这时，他们回来了，一支小小的队伍，她刚刚受洗的女儿在她教母姬蒂的怀里，穿着黑西服的尼古拉斯抱着他最小的儿子，姬蒂的另外六个孩子穿着礼拜服，接生婆和她的助手裹着丝绸法尔代塔斗篷跟在后面。

"我们给她起名费利西娅，"姬蒂站在古迪塔床边说，"我们告诉贝内迪克特神父，你不确定该给她起个什么名字，他建议我们叫她费利西娅·斯佩兰扎，他说费利西娅意为幸福，斯佩兰扎意为希望。"

"她将为你带来这两样东西，记住我的话，因为她是个美丽的孩子，"接生婆说，"我见过太多的婴儿，这点我还是知道的。"

古迪塔念了念这两个名字，但她一个也不喜欢。

"我还是叫她斯皮拉吧。费利西娅太拗口了，我可能记都记不住。"

"但是斯皮拉是个老太婆的名字。我觉得费利西娅好听多了。"姬蒂的大女儿伊内兹说道，"我觉得她看起来更像是费利西娅，而且我觉得神父说得对，她将为我们带来欢乐。"

姬蒂瞪了女儿一眼，警告她的越矩，叫她下楼和她父亲一起等着。伊内兹在楼下厨房找到了父亲和六个弟妹。孩子们对于没有聚会感到失望。他们原以为会为这个孩子成为天主教的新成员而举办庆祝会。这里没有小杯盛放的绿色薄荷甜酒，没有冒着气泡的红色罗索林，也没有阿尔菲奥做的羽毛般轻盈的海绵蛋糕。这里没有可以带回家玩的杏仁糖，也没有他们喜爱的蛋白杏仁饼干。没有礼金作为孩子以后嫁妆的第一笔储蓄，只有接生婆给她织的一件毛衣，只是现在穿还太热，还有姬蒂用零碎布料给她做的一件衣服。

屋里只剩下古迪塔和小小的婴儿，古迪塔怀着对女儿的恐惧，对自己的恐惧，对无法成为称职母亲的恐惧，盯着躺在吊床摇篮"本涅娜"① 里熟睡中的孩子，她想她看见了父亲和阿尔菲奥样貌的融合体。古迪塔很清楚地知道，自己必须尽全力来抚养这个孩子，假以时日兴许还能学会爱她。

十二岁的伊内兹曾帮她的母亲照顾最小的弟弟，她将过来帮古迪塔带孩子做家务。照顾别人的小孩本不是古迪塔想承担的责任，但姬蒂坚持说，这样做对伊内兹和古迪塔同样有益。

"她不懒，但是爱做梦，会迷失在自己的世界里。不过我告诉你，她很喜欢婴儿，而且她真的很会买菜。她还从没买过不新鲜的东西。"

*

古迪塔原以为第一个来看望她的会是某位邻居，但令她惊讶的是，她的第一位访客竟是父亲的一位老同事。年轻时他们曾一起工作，交情很好，后来因为一些小事吵翻了，从此两个人就再没说过一句话。阿尔弗雷德在戈尔米开了间面包房，那可是个因面包师而闻名的村庄，而且他的面包房还经营得很好。现在他手拿帽子站在门外耐心等待着。

---

① 吊床摇篮"本涅娜"（Benniena）：用两根绳子挂起来的布质吊床，通常挂在母亲床边的墙上。

"门口有个男人要和你说话。"伊内兹上气不接下气地告诉古迪塔。

"他告诉你他是谁了吗？"

"没有。"

"那就问问，看他想要什么。"

伊内兹回到楼上，说来人叫阿尔弗雷德，是来自戈尔米的面包师，想和她说句话。

"带他上楼吧。"古迪塔说。

*

"我听说你遇到了麻烦。"阿尔弗雷德站在卧室门口，好让眼睛适应黑暗的房间。

"是的。"她沉重地告诉他。

他看了眼躺在吊床里的孩子，在古迪塔另一侧床边的椅子上坐下。

"听到你父亲的事我很难过，上帝保佑他安息。他工作很努力。固执，但很努力。"他重复道。

古迪塔已经很多年没有见过阿尔弗雷德了。还是孩子时，父亲经常带她去拜访他和他的妻子，一个高个女人，在他们的面包房里干起活来和她丈夫一样勤快。虽然变老了，但他面貌变化不大，头发仍然浓密，眼睛依旧闪着光。

"你也许好奇我为什么来这儿。"他对她说。

她点了点头，猜他是不是得知自己目前的困境，想出个价买下她的面包房。她想卖吗？把一切都抛开，然后重新开始？除了面粉和烘焙一无所知的她能干什么呢？如果了解她这鲁莽的天性和过去的历史，谁还会雇用她呢？了解到她面包房的现况，他会出个什么价呢？够她买间房，生活几个月，直到她重新立足吗？

"你父亲和我在很多事情上的意见都不一致，但有件事我们都很清楚，那就是无论我们之间发生了什么，只要需要，我们都会互相帮助。现在，我来帮你经营面包房，直到你能重新接手。"

"可是我没有钱付你薪水。我已经雇了两个男人，雇不起第三个了。"她说。

"付我钱？"他似乎被冒犯了一般反问道，"付我钱？钱我已经挣够了，更多的我也不需要。你看，在过去的八个月里，我已经慢慢地把面包房交给了我的儿子们。他们一心想要接手。再说，最近不论我做什么总会招他们烦。你看，他们所知道的一切都是我教的，但是现在他们倒以为他们比我还懂。你为什么不做这个？或者那个，或者其他什么！总是这样对我！最后我想通了，让他们自己干吧，他们又年轻又壮实。我还是待在家里，帮帮我的老婆。但我又闲不下来，我不想把剩下的这些时间都打发在酒吧里嚼舌根。所以听说你的处境以后，我就告诉我老婆：'这个女孩需要人帮一把。'她说：'去吧！去吧！还等什么？'老实告诉你，我成天对她指手画脚，她早就烦了，也懒得和我废话。所以你其实是帮了我们大家一个忙。"

"什么时候开始？"她问他。

"我先看一下，然后告诉你。"他说。

*

阿尔弗雷德花了一周的时间才让面包房重新开张。他辞退了古迪塔雇的两个年轻人，从他自己村里带来了两个男孩。

"这两个我信得过，"他告诉她，"他们还没出生，我就认识他们了。"

他让两个男孩把粘在木桶上长了霉发了黑的干面团刮下来，用沸水冲洗，然后用醋把里里外外都擦了一遍。他找来一位粉刷匠，看着他把墙壁用醋洗了一遍，然后刷上白色的石灰水。他自己亲手用热肥皂水把石板、大门、窗框都擦了一遍。

"在这种潮湿的天气里，霉菌是我们最大的敌人，当然了，还有老鼠和蟑螂。我见过一些肮脏的面包房，天晓得一半的马耳他人怎么没有死于痢疾。"他对男孩们说。

*

生下孩子十天后，古迪塔穿上黑色的丧服，第一次下楼。被刷得干干净净的面包房换上了崭新的白装，恢复了昔日的样貌。阿尔弗雷德抱着双臂站在后面，看着她的反应。

"你太神奇了。"她对他说。她走向他，捧起他的双手亲吻，对自己的亲生父亲她从未这样做过。"愿上帝保佑你。"她说。

她心里明白，这不是因为他使她的面包房恢复到了她遭受打击之前的模样，而是因为他让她对人性恢复了一些信心。是的，她的朋友姬蒂帮助了她，把自己本就不多的食物分给了她，但是这个男人，他来自父亲的过去，而且他所做的一切都是为了她。

*

身体停止流血之前，她不想触碰发酵的面团，怕玷污了它们。那天晚上第一炉面包，由阿尔弗雷德负责，一个个面团放在撒了面粉的木板上醒发，她心里痒痒的，想触摸每一份香甜的完美。清晨古迪塔喂过婴儿，就把她抱下楼，看着阿尔弗雷德把面团对称地送进烤炉，做得和她的父亲一样干净漂亮。当阿尔弗雷德打开烤炉门时，新鲜面包的香气扑面而来，幼年、童年、青年直至成年，所有的记忆如潮水般涌来，携着母亲虚幻而缥缈的面容，父亲黝黑而严肃的脸，还有阿尔菲奥的微笑，他嘴角的酒窝和眼角的笑纹。这潮水浸润并柔软了她坚硬的心，她感到一滴泪从自己的面颊滑落，滴在了宝宝的脸上——这是来自母亲的祝福和许诺。最终能把她从封闭的自我和困厄的境地中解救出来的，正是这份工作。

"明天我们做芝麻夸哈饼，今天有面包就够了。"阿尔弗雷德笑着对古迪塔说，"现在你上楼吧，我来卖面包。"

　　　　　　　　　　＊

　　刚刚七点，面包就都卖完了。阿尔弗雷德关上店门，看看四下是否已经为晚上的烘焙准备妥当，然后拿起他预留的三个面包，走进古迪塔的厨房，坐在桌前。咖啡壶开始冒泡了，睡眼蒙眬的伊内兹站在煤油炉前看着。古迪塔走下楼，她的丧服上系了条白色的围裙。

　　"全卖完了。"他笑着告诉她。

　　古迪塔看着桌上三个金灿灿的面包，她知道它们一定像她和她父亲以前做的一样完美。她拿起一个在手上掂了掂分量，细细地看着，棕色的面皮色泽均匀，顶部作了割包，她把面包翻过来用指节叩了叩底部，毫无疑问听到了一个完美的面包应该发出的空响声。她走到厨房工作台，拿起面包刀，像她习惯的那样在面包上画了个十字，把面包靠在胸前，然后切下第一片——"ġonta"①——小小的船形的末端，厚重的面包皮。她继续观察另一部分"qalba"——面包的心脏——奶白色，富有弹性，浅浅的气孔均匀地分布着，这样可以吸收橄榄油，不至于漏到另一边。

　　"完美！"她对阿尔弗雷德说。

　　他笑了，他知道自己拿出了最佳的表现。

　　"你有个好炉子。"他笑着说。

　　"还有一个更好的面包师。"她对他说。

―――――――――――
①　马耳他语，意为关节。——译者注

*

古迪塔的身体恢复得很快。小宝宝也茁壮成长，她似乎明白妈妈除了照顾她还有其他事情要忙。伊内兹虽然自己还是个孩子，却像个母亲一样照顾着小宝宝——给她洗澡换衣，挎着孩子去散步。面包房也蒸蒸日上，因为古迪塔工作很努力，在阿尔弗雷德的帮助下，她开始制作各式甜面包，十分畅销。她做的夸哈饼、面包干、公鸡饼，一出炉就售罄。周日的沙瓦为她带来了源源不断的现金流，有时她也想一周休息一天，但她提醒自己，沙瓦是最不能放弃的。她的顾客越来越多，村尾也有家面包房，但是现在那里的女人们，要么自己来，要么让孩子来，专程买她做的甜品和面包。

生下孩子四十天后，姬蒂提醒她，她必须带孩子去趟教堂，接受一个母亲应得的祝福。

"只要邓恩·约翰在，我就不去。我不想和他打交道。"古迪塔依然对他怀有极大的恨意。

"我看看邓恩·弗朗西斯什么时候在。他对小宝宝很有一套。"古迪塔对她说。

一个星期三的下午，其他人都在午休的时候，古迪塔给宝宝穿上姬蒂送的衣服，裹上件薄披肩，带她去了教堂。空荡荡的教堂里，古迪塔站在圣坛前，抱着孩子。神父面向她，读着一本红色的书，那语言她听不懂，也没有什么感触。但当他把手放到她的头上，说他将赐福于她，因为她是一个母亲，那一刻有什么东西拨动了她的心弦。她不禁感念，来这一趟还是值得的。

接下来的几个月里，她全身心地投入工作，喂饱嗷嗷待哺的孩子，在柜台前一站就是几个小时，关于周遭发生的事情她都是听顾客们说的——一传再传的信息难免被扭曲、夸张，经常会误导人。七月的一个早晨，谣言传入她的面包房，在一个遥远的国度有人杀了奥地利的国王，人们估计战争将不可避免。马耳他将被卷入这场冲突吗？有些人说，这完全有可能，因为英国早就想和德国干一仗了，而马耳他在地中海占据着重要的战略位置。一些女人说，英国海军有着巨大的战舰，德国根本就没机会。她们知道这些，因为她们的丈夫是水手，正在这些漂浮的城市里做着厨师、搬运工、勤务兵和工程师。她们不知道食物是否即将短缺。面粉、茶、糖还供应得上吗？会涨价吗？她们应该开始囤积食物、衣服以及其他一切必需品吗？这场战争将和其他战争一样带来死亡和毁灭、疾病和饥荒吗？

港口的繁忙为失业者带来了工作。姬蒂的丈夫尼古拉斯找到了工作，给煤船卸货，再给巡航地中海的大型战舰装货。第一天晚上下班回家，他从头到脚都是黑色的，孩子们一看见他就吓得躲了起来，还以为是来抓他们的巴巴妖①。直到姬蒂从井里打了水，他们亲眼看到煤灰从他身上脱落，这才相信这是他们的父亲。丈夫的这份全职工作，一周可以挣七个先令，现在姬蒂终于负担得起她从未享有过的奢侈了——肥皂、爽身粉，还有孩子们喜爱

---

① 巴巴妖（Babaw）：父母用来吓唬孩子的黑色妖怪，夜间在街上游荡。

的可可粉，罐子上印着英国的乡村风光，高大的绿树，四边还有斑点狗，像这样的东西他们还从没见过。当远方战争的消息传来时，那个和善的在村里走街串巷的土耳其货郎不见了，他曾给他们带来了哈尔瓦酥糖、丝绸靠垫、铜铃铛、手工缝制的骆驼玩偶，还有各种稀奇玩意儿，传说因为土耳其是英国的敌对国，所以他被驱逐出岛了。新年携着苦寒到来，古迪塔给她的烤炉寻找燃料变得越来越困难。她开始使用煤炉，因为虽然昂贵，起码比她和父亲以前使用的旧家具碎片或者干蓟，供应更为稳定。

工作带来了更多的现钱，她做的甜面包卖得和普通面包一样快，她满头满脑都是对海绵蛋糕的渴望，那是她年轻的丈夫教她做的，她想再看一看，再尝一尝。

"你真该尝尝阿尔菲奥做的海绵蛋糕是怎样的美味，"一天早上关门后，他们享用着第一杯咖啡和第一片面包，她对阿尔弗雷德说，"哦，他做的海绵蛋糕是最好吃的。别和我提瓦莱塔的那些店！他的蛋糕，我跟你说，是那么轻柔，直接在舌尖融化，你还没觉察，就滑进了喉咙。"

这是她第一次在他面前提起她丈夫的名字，还有一度令他名声大噪的海绵蛋糕。注意到这一点，阿尔弗雷德没有打断她，让她径直说了下去。

"他是那么想把面包房变成甜品店。他有好多的计划。你知道，他家在卡拉布里亚就是开甜品店的。我给你看点东西，那是我们收到瓦莱塔饭店给我们的第一笔货款后，他给我做的。"

她站起身，从橱柜顶层取下一个系着红丝带的木匣子，放在桌上咖啡壶旁。阿尔弗雷德看着她解开丝带，打开盖子。一层米纸上托着六个仙人掌果，它们看上去是如此逼真，你一定以为，如果伸手去摸，它们的刺就会刺进你的皮肤。

"糖、杏仁粉和蛋清。"她边说，边小心翼翼地从盒子里取出一个，放在掌心。

"真是没法相信这不是从树上摘下来的，"阿尔弗雷德说，"我从没见过像这样的东西。"

"给你，"她边说，边用米纸把它包了起来，"这个给你，送给你的妻子。"

"这我可不能收！不能收！"他说。

"当然可以。知道是送给你，阿尔菲奥会很高兴的。"她说。

他必须要为她做点什么。是的，他明白她心里的想法，因为当她说"甜品"这个词时，他听出了她声音中的渴望，看到了她眼睛里的憧憬。求新求变的并不只是阿尔菲奥。她想另辟蹊径，走一条在她看来可以超越一般面包师的路，保持专注，同时丰富自我。他相信她一定会成功，因为他看到她工作时那么努力，而且尽善尽美地完成每一件事。

二月的一个下午，他给面包房带来一盒鸡蛋和一则新闻，那是他在瓦莱塔看到的不可思议的一幕。

"我看见一架水上飞机飞上了天 ①。它从港口一艘轮船的甲板

---

① 一九一五年二月十三日，第一架从马耳他起飞的飞机始发于大港的水面。那是架小型水上飞机，135 型 136 号。这架飞机被用于侦察敌方潜艇。来源：www.bellfish.f9.com.uk，下载于二○一三年六月十日。

上起飞，你真该看看，有多少人在城墙上挥手、欢呼、鼓掌。我跟你说，简直像过节一样。人们说海军将用这架飞机寻找敌舰。真不敢相信，我居然亲眼看见人在天上飞。"他边说边惊叹着摇头。

*

做第一个海绵蛋糕时，她很紧张，她不希望有任何人在场。她必须记起阿尔菲奥的用量，还有制作流程。他没有留下任何书面记录，因此一切只能依赖她的记忆。那天晚上的每一件事，制作酸面团、第一次醒发、第二次醒发、生火，似乎都特别耗时间，好像时间特意放慢了脚步，好消磨她的急切。就连正在长牙的婴儿也不肯消停，原本每晚都是伊内兹摇宝宝入睡，但是这一晚伊内兹一靠近宝宝，她就闹，她不要任何人，只要妈妈抱。早晨，面包出炉售罄，她关上店门，喂过宝宝，收拾停当。阿尔弗雷德离开后，古迪塔站在柜台前，面前摊着所有的原料。阿尔菲奥的话清晰地传入她的耳朵，她感觉他就在她的身边。

"氨放得太多，能让蛋糕发到炉顶，但是一出炉，它就会塌下去。放得太少，做出来的就是饼干，硬得能硌裂你的牙。柠檬皮要切得细到你几乎看不见。至于面粉，这才是秘密所在。把糖打入鸡蛋时要用力，但是加面粉时一定要轻。"

伊内兹拎着尖叫着的宝宝走了进来。

"她要你。"伊内兹说。

"带她出去，去你妈妈家。"古迪塔不耐烦地说，她一心想开始工作。

"可是已经开始下雨了。她会感冒的。"

古迪塔恼怒地接过啼哭的宝宝，突然宝宝停止了哽咽，脸上露出了笑。她看到柜台上闪亮的勺子，伸出手去拿。

"我想，她大概想做个甜品师，像她爸爸那样。"伊内兹说，语音刚落，脸就羞红了。

古迪塔奇怪地看着这个姑娘。

"也许，这是她血液里的东西，"古迪塔对伊内兹说，"帮我去厨房另外拿把勺子，她不肯松手。"

古迪塔注视着怀中的婴儿，小手挥舞着亮晶晶的勺子，她喜欢光线在表面流转的样子，毫无疑问也因自己的得逞而欢喜。

"她和我父亲一模一样。上帝啊救救我们吧。她甚至遗传了他的任性。"她想。

她让孩子坐在木桶里，伊内兹看着她。古迪塔终于得以着手做她心心念念的海绵蛋糕。

"不论你想做什么，好的海绵蛋糕是基础。一个优秀的甜品师的秘诀就是：好的海绵蛋糕。"阿尔菲奥曾多次告诉她。

她用了十个鸡蛋，和他第一次做时用的数量一样（那似乎是很久以前的事了），仔细称量糖和面粉，用于起发的氨，和三个被切得细细的柠檬。她小心翼翼地将混合物倒入长方形的平底锅，一滴也没有浪费，她知道现在烤炉的温度正正好，她放入平底锅，焦急地等待结果。

"出炉太早，前功尽弃，出炉太晚，只剩煤渣。"阿尔菲奥曾告诉她。

"多少时间正好呢？"她问他。

"等你清理完柜台，扫完地，就差不多了。"她记得他是这么说的。

但她想要精确一些，她想知道烘焙时间到底是多少分钟。

"不少于二十分钟，不多于三十分钟，就算二十五分钟吧。"他说。

"这么长的时间，我早就清理完柜台，扫完地了，我还能擦洗地面，也许甚至都上楼铺好床了。"她取笑他的时间概念。

"还和我做好爱了，我的亲爱的。"他逗她。

"不，那需要更长的时间，长得多。"她记得她是这样回应的。

*

她一边清理柜台，扫地（其实不需要扫），弄直炉门旁的长柄木铲（其实不需要弄直），一边自问，是否从她出生的那天起，她的命运就已然等候着她了。人生路是她自己的选择，还是冥冥中的注定。现在坐在木桶中日复一日地看着面团发酵升高的那个孩子，她的出生也是命中注定的吗？无所不知的上帝，是否早就预见她，曾经的古迪塔·瓦萨洛，现在的古迪塔·维斯孔蒂，这个面包师的女儿，将绝望地疯狂地落入这灼热的风暴眼，且无可救药？这个了解空中的飞鸟、地里的百合，了解我们所有想法的上帝，祂是否知道，即便祂在天使们的陪伴下亲自从天堂来到尘世，告诉她要停止，要把那俊秀的青年，那个祂亲自造出的男人送走，她也是不会听从的。祂难道不是以祂的智慧与仁慈创造了她吗？她的激情与任性难道不正是祂的手笔吗？而她却要为这奔流的激情受罚？这叫她如何去忍受她的悲伤，背负她的十字架？

*

古迪塔觉得二十分钟已经到了，她告诉伊内兹她要开炉了。

这个和她同样紧张且渴望看到结果的小姑娘问她，海绵蛋糕在里面待的时间是不是够长。

"我想是的，我可不想把它们烤煳。"古迪塔边说边微微打开炉门，望向昏暗的炉膛。

"是的，我相信它们已经好了！"她高兴得叫了起来。

她熟练地操起长柄木铲，取出第一个托盘，将它轻轻放在身后的柜台上。然后把其他的也取了出来，伊内兹和婴儿都看着她。

"完美！"古迪塔欢呼。"它们是完美的。"

*

战争带来了交易，而交易带来了金钱。战争在远离马耳他的陆地和海上展开，但马耳他的港口和船坞却也繁忙了起来，瓦莱塔的大街上满是寻欢作乐的英国水手。古迪塔的工作量不减反增，瓦莱塔有三家咖啡店都订了她家的海绵蛋糕，为此她又雇了两个年轻人给她跑腿送货。伊内兹现在不仅负责照顾费利西娅（大家都叫她利西娅），还要买菜做饭。为此除去免费的食宿，每周她还能得到两个先令的报酬，她一拿到钱就会交给妈妈。

那年八月，尼古拉斯受够了煤灰，被许诺的更高的薪水引诱着，决定和八百个男人一起，自愿前往希腊的萨罗尼加，为英国人效力。[①]听闻他的决定，姬蒂极其悲伤，但也只好给他收拾了几件衣服，还有古迪塔特意为他准备的一包公鸡饼，九月一日那天，用祝福将他送别。六个月后，男人无言地归来，左上臂文着尚未完成的基督受难像，带回缩水的薪水，全然不知他的妻子曾产下一名死婴，在没有他的日子里，她是如何艰难地养活了这些孩子。

传言日盛，据说村尾新建的建筑将用于关押战俘。一日凌晨，整个村庄还在沉睡中，只有阿尔弗雷德和古迪塔在面包房里忙碌，三辆封闭的卡车在主街道上行驶，经过一座座房屋，村里的狗狂吠起来。

"肯定有什么东西惊动了那些狗。"阿尔弗雷德边说，边从烤炉里取出最后一批面包。

"这个时辰从没听它们这么叫过。"古迪塔答道，她正将热腾

---

① 一九一五年九月一日，八百六十四名男人乘船前往穆兹罗斯（Mudros），装卸货物、铺设道路、爆破切割石材、挖井。第一次世界大战期间，共有两万四千名马耳他志愿者为英国效力。他们还去了达达尼尔海峡（Dardanelles）、加里波利半岛（Gallipoli）和萨罗尼加（Salonika）。

腾的面包一字排开，好让它们冷却下来。

"肯定出啥事儿了。"阿尔弗雷德重复着。

自打开战，就总有些奇奇怪怪的事情发生，单纯的村民们根本就闹不清楚是怎么回事。谁知道为什么，一连三天教堂的圣器管理员总发现圣约瑟的塑像面朝神龛的墙壁？还有，为什么一个长腿男人晚上在村里走街串巷，往楼上人家的窗户里窥探？他是谁？从哪里来？为什么在凌晨这个钟点会有隆隆的车轮声？狗都像发了疯一样？也许世界末日真的即将来临。也许审判日也已不远。当黑夜散去，阳光普照，真相大白，军营被占领了。① 肤色黝黑的占领军支持德国，期盼英国战败。当地人把这群人视作威胁。心生畏惧的男人们随身带着致命的短刀。女人们被告知没有男性陪伴就不要去地里。年轻的女孩们被警告要多加防范。营地的人问古迪塔是否可以为他们供应面包，因为条件优厚，她同意了。每天她能收到做五十个面包所需的面粉，烧炉的煤炭，每卷面包还能挣七个便士，这比眼下的市场价格还要高。这意味着她的收入变多了，但也意味着她的烤炉一刻也不得歇，她必须雇更多的帮手。

"想接这活儿，你需要一个更大的面包房。"阿尔弗雷德对她说，"烤炉也必须翻新。你至少得歇业一个星期。"

---

① 直至一九二〇年三月，共计一千六百七十名来自奥地利、德国、保加利亚、土耳其和希腊的囚犯被关押在四个战俘营：总统府夏宫（Verdala Palace）、位于樟橄（Zejtun）的圣克莱门特集中营（St Clement Camp）、萨尔瓦托雷要塞（Salvatore Fort）和波维利斯塔军营（Polverista Barracks）。这些囚犯中有支持德国的阿拉伯人、埃及人和希腊人。

*

阿尔弗雷德负责翻修事宜，他把烤炉的炉底换上了戈齐坦石，这种石材比她现在使用的要好。它能够更好地保存热量，过热时也不会开裂或者破碎。一天早上，古迪塔前往比尔古拜访她的姨妈。她想把利西娅带给姨妈看看，她还不知道她有这么个外孙侄女。詹尼用马车穿过小岛送她过去，在那里等她，然后再接她回来，只收两个先令。她给伊内兹放了一天假。她穿上自己最好的黑色衣裙，给宝宝穿上当地裁缝定制的新连衣裙。带上一包酵母夸哈饼作为礼物，她爬上马车，上一次去那里时，她还是个小姑娘。她担心自己只依稀记得姨妈的住处。好像在多米尼加修道院附近什么地方。詹尼安慰她，那里的四邻八舍一定认识她要找的人。他说得没错，到了那里，一个邻居指着姨妈家的门，说她正在家中。她的姨妈，一个消瘦而挺拔的女人，没有认出她来，过了好一会儿才明白过来，站在她家门口的正是她妹妹的女儿和孩子。

紧闭的屋子里一股霉味，堆满了圣像、蜡烛还有过时的陶瓷花瓶，这些大花瓶里插着的纸花已经褪了色，积了灰。过道昏暗而狭窄，客厅里摆满了家具，热得令人窒息。古迪塔坐在沙发椅的边缘，怀里抱着利西娅。孩子对女人戴着的闪闪发光的十字架十分着迷，伸出手去抓。

"她喜欢亮晶晶的东西。"古迪塔打破这令人尴尬的沉默。

"你父亲还好吗？"姨妈问道。

"他死得很突然。医生说他没遭太多罪。"古迪塔说。

"愿他安息。你自然是结婚了吧？"姨妈说。

"是的，但是我的丈夫很快就死了。"古迪塔说着，脸上滑下一滴泪。

"这真叫人难过。现在你得独自抚养这个孩子。就像你的父亲一样。我妹妹死后，愿上帝宽恕她，我本想抚养你，但他完全听不进。当我说出这个提议时，他几乎把我赶出了面包房。我不喜欢说死者的坏话，但你父亲真的很犟。"她的姨妈说，"从那以后，我们再也没有说过话。现在你来了，膝上坐着你的孩子。她长得像我的妹妹。你的长相随你父亲，但这孩子随我妹妹。"

"我以为她像我的父亲。"古迪塔说。

她的姨妈直摇头。

"不，才不是呢。我给你看点东西。"她说。

她走向一个摆满陈设的壁橱，取来一个信封，里面装着三张照片。她把它们摊在她俩之间的小桌子上。

"这是我。"她指着一个身穿白裙的女孩，梳着两根辫子，辫尾扎着丝带，眼睛笑眯眯的，脸蛋圆溜溜的，和眼前这个面色蜡黄的女人完全不同。

"这是你的妈妈。"她指着照片中坐在她身边年纪小些的女孩说，女孩脚上穿着白色的鞋，头发用白色的宽丝带系着。

"你俩穿的衣服一样。"古迪塔仔细瞧着。

"那是摄影师提供的。过去这些衣服可以租用。那年我八岁，你妈妈五岁。母亲带我们去波尔泰利的照相馆。他是这里唯一的摄影师，这张照片花了两便士加上六便士。我记得他有三种背景可供选择。大海、花园还有这个。母亲想让我们坐在一个攀着玫瑰的拱门前，为此她得多花六便士。看，你女儿多像你妈妈。"她边说，边让古迪塔凑近些看。

"你妈妈很漂亮。大家都说她会嫁得很好。提亲的人那么多。媒人把我们家前门的台阶都快踩平了。她曾经认真考虑过一个年轻人。他家很有钱。他父亲是药剂师，这个年轻人在海关任职。但当你妈妈见到你爸爸的那一刻起，事情就结束了。她是如此固执而冲动。我还记得她和我父亲之间的那些争吵。明明有个受过教育的男人等着她，她却非要嫁给伊姆希拉的一个面包师，这怎么可能。我的母亲哭着求她妥协，她向所有她知晓的圣人发誓并献上烛火，但我妹妹的心意没有丝毫改变。她威胁说要离家出走与他私奔，父亲这才心软，由她去了。看，这是我的父母，这是他们结婚那天。"她说着拿出一张照片，一对新人肩并肩站着。他穿着黑色的衣装，黑色的头发向后梳着，一手握了副白手套，一手牵着新娘的手。她身穿白裙，头戴蕾丝面纱，臂中挽了束百合花，脸上洋溢着期待和满足。

"这背景和另一张照片一样。"古迪塔评论道。

"对，这正是妈妈选它的原因。她希望那张照片和她的结婚照配套。这张照片照得晚些。"姨妈给古迪塔看一张五个人的合影。

"这是谁？"古迪塔指着照片上身穿黑西装的一个小男孩问，他的眼睛直直地看着她。

"这是我们的小弟弟。拍照那年他五岁。那时我十一岁，你妈妈应该是八岁。"

"我从不知道你还有个弟弟。"古迪塔说。

"他十七岁那年溺水而亡。他游泳很好，第一流的，但他和朋友们去了封闭山谷。那片海水很深，浪很大。他被一股急流卷走，再也没有出现。当时你的妈妈正怀着你，你的爸爸几乎无法告诉她这个消息。她非常悲伤，和我们一样，她是那样爱他。后来我的母亲卧床不起，不到一年就去世了。我的父亲悲伤得近乎疯狂。他总去封闭山谷，坐在高高的岩石上，一直望着大海，找寻弟弟，缠着渔民，问他们有没有看到他的儿子，因为他坚信他的儿子一定会回来。母亲去世后一年，父亲也死了，就剩下我一个人。以前你妈妈常带你过来，我们会坐在这里说说这些事，但你四岁那年，她病了，然后人就没了。我本以为你的父亲会让我来抚养你，但他完全听不进。他也伤心得快疯了，我猜他需要你来怀念我的妹妹。我还以为他只要再碰上个穿裙子的，立马就会结婚，但他没有，再也没有，叫人好生佩服。"说着，她把照片放回信封。

"那你结婚了吗？"

"没有。我本来已经订了婚。但弟弟淹死了，父母也已经亡故，我想既然晦气成这样，肯定还会出事，所以我解除了婚约。"她说。

*

那天晚上，古迪塔坐在床上，她的父母曾睡在这里，她的女儿也是在这里出生，她看着父母的结婚照。她的妈妈，一个二十岁的年轻姑娘，身穿白裙，头戴婚纱，眼中含光，嘴角藏笑，父亲站在她右侧，比新娘稍矮些，身穿黑西装和打了浆的衬衫，显得很不自在，两眼直直地瞪着相机。他们那时是多么年轻啊！比如今的她年轻。

姨妈的话又在耳边响起。

"你妈妈固执又冲动。"

"也许妈妈爱爸爸，正像我爱阿尔菲奥。也许从照相馆回来，正是在这张床上，他们也做了那件事，与我和阿尔菲奥一样，发现了无与伦比的快乐。难怪我的父亲再也没有结婚。他到哪里去找他和母亲曾拥有过的那种爱呢？我一直以为他是因为我，因为我是他的负担，像一块拴在他脖子上的石头，令他难以挣脱。其实不是！那是因为我的母亲，因为她，而他的愤怒也并非针对我。不！那是针对他的命运。针对上帝！这也是为什么他从不去教堂，从不听神父说教。上帝夺走了他一生的挚爱，他与上帝自此决裂。"

她轻触照片上父亲的脸，他在世时她从未这样轻抚过他。

"你真是个复杂的人啊。难怪我从来也无法理解你的古怪和暴躁。在我面前你把自己的情绪隐藏得真好！我对你的了解何其之少。"

*

现在烤炉修好了，又有订单要交付，古迪塔没时间四处走动了。古迪塔干起活来和她的四个伙计一样拼命，阿尔弗雷德还是每天下午五点过来，为夜间烘焙做准备。钱源源不断地流进她的面包房，继续把钱藏在罐子里就不再安全了。每隔两周她就得去瓦莱塔的银行存钱。她并不喜欢把钱交给别人。但是世道不好，人心叵测，一个独居的女人身边放着这么多钱，根本就是自找麻烦。当她把自己的顾虑告诉阿尔弗雷德时，他也表示赞同。

"买些房产吧，"他对她说，"这里买间房，那里买家店，甚至也可以考虑买些地。我也不太相信银行。"

直到一九一六年五月，她才存够了钱，请中介为她寻一所带花园的房子。一天他给她带来消息，说在比尔特–塔夫有所房子待售，也是这天遥远的北海爆发了一场可怕的海战。自此她就记住了日德兰海战的日期，因为正是这一天她离开面包房，把女儿交给伊内兹，跟着中介去看房子。她知道自己一定会喜欢这所房子，因为她曾多次路过这里，有几次，大门开着，她的目光穿过长长的过道，看到了后花园。墙壁需要粉刷，但屋顶的石板却完好无损，天花板也丝毫没有受潮的迹象。至于花园，那景象真令她愉快，她已经很久没有这样舒畅过了。一排排的橘树，两株柠檬，还有一棵石榴树，现在正挂着沉甸甸的果实，开满蓝色花朵的迷迭香更是让她忘记了呼吸。

"这房子我要了，"她告诉中介，"不过你得给我个更好的价钱。"

"不可能！业主不会让步的。"中介说。

耳边响起了父亲的声音，"让他觉得付出辛劳是值得的。"父亲告诉她。

"你听我说，每砍下来五镑，你得一镑。"她说。

"每四镑。"他说。

"每四镑。"她笑着同意了。

这天晚上，她兴高采烈地想告诉阿尔弗雷德，她听取了他的建议，打算买一幢带花园的大房子。但他到来时却是满脸愁云，冲散了她的欢乐。

"他们说今天打了一场大仗。① 我们的水手伤亡惨重。我女婿所在的不屈号战舰也参战了。我女儿都快急疯了。"他告诉她。

"有消息说他失踪了吗？"古迪塔恐惧地问他。

"没有，还没有。现在还不知道。"他阴郁地说，"她有五个不到十岁的孩子，肚子里还怀着一个。"

*

这一晚，伴着腹中孩子的胎动入睡的女人又多了一个，她会满心苦痛，不知自己嫁的男人将面对怎样可怕的结局。谁来养活她的孩子们？谁来照看她和她正怀着的孩子？哦，女人的困境！这真叫她愤怒。她曾多么渴望，生活是另一副模样。

"掌权的男人们何时才能停止彼此间的战争？会不会有那么一天，人们不再指望女人生那么多孩子？也许有一天有人能站出来说：'你们不必一个、一个又一个地生，你们可以决定孩子的数

---

① 一九一六年五月三十一日至六月一日，日德兰海战发生于靠近丹麦的北海海域。在这场可怕的战役中，英国和德国均损失众多战舰。

量，这样你们就能为他们提供足够的食物、衣服、住房和教育。'但这一天何时才能到来呢？女人何时才能获得自由？肯定不在我的有生之年，即便我的利西娅恐怕也看不到这一天。"她边想，边揉着当晚的第一批面团。

接下来的日子里，大家的悲伤驱走了她买房的欢喜。女人们将可怕的故事带进她的面包房，它们发生在冰冷的大海中，离她们深爱的这片海很远很远。各大报纸用黑色的大标题刊登消息，罹难男子的名单每天都在增长。教区圣堂和古迪塔面包房附近的小教堂里都拥满了祈祷的女人，诵经声在外面都能听到。阿尔弗雷德的女婿是最后几个被确认身份的水手中的一个，当他的妻子接到电报，宣告她的丈夫消失在大海中时，据说三条街外都能听到她的哀嚎。在这场海战中，总共有三百四十名马耳他水手丧生。他们中许多人都已经结婚生子，有些和阿尔弗雷德的女婿一样，还留下了遗腹子，留下了一代没有父亲的孩子。

虽然欧洲战场很遥远，但是每天听到屠杀的消息，看到受伤的士兵和水手被送到岛上各个医院，每个人的心头都被蒙上了一层阴影。阿尔弗雷德失去了往日的活力和快乐的天性。他一夜之间变得苍老，一天晚上他告诉古迪塔，他再也无心工作了。

"现在我女儿需要我的帮助，"他告诉她，"我和我妻子想让她搬来和我们住。这样我们也好照看她的孩子们。"

阿尔弗雷德走后，面包房似乎变了——也的确是变了。古迪塔再也没有那位比她睿智的长者给她建议。她感觉自己仿佛在一片瞬息万变的汪洋中独自漂流。

利西娅现在会说话了，也走得稳了。伊内兹再也不用把她抱来抱去，但还是得看着她，因为小家伙已经有了自己的主意，而她的妈妈又在面包房里忙得不可开交，完全不知道她要干什么。她倒是挺喜欢面包房，许多夜晚，为了让她有事干，古迪塔会给她一把面团，让她自己玩，直到利西娅终于玩够了，她的妈妈就把这个被捏得又黑又脏的面团放到烤炉的角落，烤出来给她。

*

十七岁那年，伊内兹出落成一个楚楚可人的少女，她举止优雅，言语温柔。会买菜做饭，也会照顾孩子。她勤俭持家，做事也干净利索。古迪塔真怕有一天，伊内兹的妈妈跟她说，有人要娶伊内兹。古迪塔逗伊内兹，说看到年轻男人盯着她瞧，伊内兹一下就恼了，脸涨得通红，一言不发。她有个心上人。名叫保罗·博格，是和她一起长大的邻居，两人年纪一般大，这个年轻人用他父亲给他买的柴油泵给人家浇花园。古迪塔把东西搬进在比尔特-塔夫新购的房子后，做的第一件事就是雇用这个年轻人，每两周为她浇一次树。她有充足的水源。她院子里的井又深又宽，能收集上方两个屋顶的雨水。就是在这个花园里，伊内兹丢开拘谨，问保罗是否打算一辈子为别人浇园子。

"你呢？打算一辈子为别人看孩子吗？"他问她。

"不，我要照看自己的孩子。"她觍着脸答道。

他们之间产生了一种特殊的友谊和爱情，所以当他告诉她，战争一结束，他就打算移民去美国或者加拿大，总之是某个遥远的国度时，她当即表示要和他一起去。

"我想在其他地方开创新的生活。一个我能有所建树的地方。"他对她说。

就是从那时起，伊内兹开始自学英语，她带利西娅出去散步时，看到残缺不全的报纸，她就会暗暗记下印在上面的那些词汇和语句。利西娅很爱伊内兹，当她摔倒或发生什么事时，她首先会找伊内兹，而不是她的妈妈。多少次古迪塔对她俩的这种关系感到嫉妒，但她又能怎么办呢？她在面包房实在是太忙了，傍晚离开家，第二天早上卖完所有面包才能回来。星期天的情况更糟，因为她只能在家待几个小时，就要回去开始第二天的烘烤。也许等利西娅长大一点，她就能更多地和母亲待在一起，也许那时她们的关系就会改善。

*

尽管从法国和比利时嗜血的战场传回的依然是坏消息，但战争似乎已经进入最后阶段。在马耳他的船坞里，数百名工人夜以继日地修理着受损的船只，这些伤船蹒跚着驶进港口，海面回荡着锤子洪亮的敲击声。齐柏林飞艇① 这个词汇进入了人们的

---

① 一九一八年四月七日，一艘齐柏林飞艇从保加利亚起飞，目标是马耳他的船坞。它携带了五千公斤炸弹和燃烧弹。最终在意大利上空爆炸。www.killfish.f9.co.uk，于二〇一三年七月二十二日下载。

日常生活，报纸刊登了这些巨型气球的照片，描述了它们利用氢气飞行的独特行径。传言其中一艘正在前来攻击船坞的途中。一九一八年四月七日，的确有一艘载有五千公斤炸弹和燃烧弹的飞艇飞往马耳他。幸运的是它在意大利上空爆炸了。这个消息让大家喜出望外，许多人把这次奇迹般的脱险归功于全岛的祷告。

那年的五月风很大，人们的记忆中从没见过这么大的风，月底，一场持续了三天的大风暴，给整个岛都覆上了一层细细的红沙。伊内兹花了好几天时间来打扫，利西娅在一旁抱怨着要出去玩。六月很热，人人都焦躁不安。村头的战俘们都受到严密的看管，因为逃了一个战俘，到处都找不到。有消息说，一旦最后一艘船修好，船厂就会开始裁员。面粉的价格开始上涨①，这引发了人们的不满，这股情绪很快就渗入了伊姆希拉整个村庄。有人引用他们的英雄，被英国人逐去亚历山大港的曼努埃尔·迪梅奇的名言。"独立"这个词唤醒了一些人，他们感觉到，当英国需要他们时，利用了他们，而当英国不再需要他们为英国舍生忘死时，就准备抛弃他们了。

古迪塔的面包没有涨价。她之所以能这样做，是因为她得到了五十卷面粉来烤五十卷面包。批公文让她为战俘烤面包的文员，还有集中营的工作人员都不知道，其实五十卷面粉可以做出双倍分量的面包。这个秘密她没向任何人透露。饼干和蛋糕的销量都有所增加，在她看来，身处危机的人们更需要甜品的安慰。现在

---

① 面包的价格是每卷九个半便士。保险价格上涨了百分之六十。

她的面包房还做一种意大利糕点，馅料是她在老面包房的厨房里独自准备的，没让员工看到。她把餐馆退回来的没卖出去的饼干磨成粉，加入杏仁或佛手柑香精，和鸡蛋混合在一起，然后装入饼皮，这些饼皮由一名员工每天花两个小时制作。这些意大利糕点很受欢迎，从来都不愁卖不出去。

*

一天下午，保罗·博格来古迪塔家为她浇花园，他敲了敲后门，唤出伊内兹。

"如果我妈请媒人去你家，你会答应嫁给我吗？"他问她。

伊内兹穿着便装，头发乱蓬蓬的，光着脚站在那里，不知道该如何回答。保罗等待着。利西娅走到门口，站在那里，看看这个又看看那个。尽管她不知道发生了什么事，但她能感觉到，有什么重要的事情正在进行中。

"他想要什么？"利西娅问伊内兹。

"他想娶我。"伊内兹说。

"那你还能照顾我吗？"

"也许不能了。"伊内兹说。

"那就说不。"利西娅告诉她。

伊内兹看着保罗，两人都笑出了声。利西娅生气了，跑回屋里。

"是的！我会答应。"伊内兹告诉他，她的眼睛闪闪发光。

＊

停战协定签署三个月后，欢庆的钟声响彻全岛。二月一个寒
冷的星期天，他俩结婚了。六个星期以后，他们登上前往纽约的
轮船，在那里开始了新的生活。后来伊内兹的六个弟妹以及保罗
的四个兄弟也紧随其后移民美国。养大了那么多孩子，姬蒂最终
只剩下自己，守着尼古拉斯。她恳求丈夫跟着孩子们去美国，但
尼古拉斯铁了心就是不走。直到他去世以后，姬蒂已经七十多岁
了，才乘飞机前往那个大都市，第一次见到了她那许多的孙辈。

伊内兹和保罗离开马耳他的那年，年景不好。战争的结束给
岛上带来了失业潮和食品价格的飞涨。小麦提价，以至于一卷面
包要卖九个半便士，这个价格很少有人能承担。三家最大面粉厂
的东家们 ① 将此归咎于保险和小麦的抬价，因为小麦必须从其他
国家进口。这话激怒了民众，他们知道这些岛上最富有、最有影
响力的人，在战争期间大发横财，现在完全可以让出些利润。

与此同时，战俘被移至其他营地，古迪塔失去了政府合同。
不得已，她也只能提高面包的售价。顾客进了店却付不起面包钱，

---

① 马耳他最大的三家面粉厂是位于马尔萨（Marsa）的圣乔治磨坊（St.
George Mill），所有者为安东尼奥·卡萨尔·托雷贾尼（Antonio Cassar
Torreggiani）；哈姆伦磨坊（Hamrun Mill），所有者为弗朗西亚上校（J. L.
Francia）；以及乔米磨坊（Qormi Mill），所有者为法鲁贾（L. Farrugia）及
其儿子们。来源：拉斐尔·瓦萨洛（Raphael Vassallo），www.maltatoday.
com.mt。下载于二〇一三年七月二十三日。卡萨尔·托雷贾尼在瓦莱塔
的房子被洗劫，家具也被砸。

面包房开张以来这还是第一次。于是她开始在簿子上记录赊账。利西娅在比尔特—塔夫的教会学校上学。她是个聪明的孩子，天性活泼，修女们都很喜欢她。

*

古迪塔可以清楚地感觉到，接下来几周随之而来的不满和不安。顾客把他们的烦恼带进了她的面包房，因为这里是为数不多的他们可以一吐为快的地方。现在他们的忧虑还染上了压抑的愤怒，针对奴役他们的体制的愤怒，针对英国人的愤怒，这些英国人在战时利用了他们，现在又抛弃了他们。他们的愤怒还针对那些举办奢侈派对、婚礼和晚会的富人们，他们指望穷人靠从他们桌子上掉下来的面包屑苟延残喘。无力感和无助感进一步加剧了这种愤怒。面对那些手握重权的人们，他们能做些什么呢？

那是一个明媚的六月天，这种愤怒、无助、不安的情绪终于爆发。人民能泰然安坐多久呢，难道能任由热情在血管中流淌，却什么也不做？那天古迪塔的顾客来得很早，买了面包，便聊起那天即将发生的事情。弗雷德里科·塞贝拉斯博士曾在瓦莱塔召开过一次国民大会，但备受争议，女人们不相信那能带来任何改变。据说那天即将召开的大会将是瓦莱塔有史以来最大的一次。她们的丈夫、儿子也都想去，他们要加入大众，发出自己的声音。在谈话中，古迪塔能感受到涌动着的兴奋、鲁莽、危险和不祥的征兆。

她的预感没有错。那天下午男人们返村，带回瓦莱塔发生骚乱的消息。英国国旗被烧毁，人们破口怒骂，要求就业，要求下调食品价格，要求英国听从民意。这些目击者说，当时国民议会正在召开，有几个守在宫殿外全副武装的英国士兵，向手无寸铁的民众开了枪。他们谈到随后的暴力。群众被流血事件激怒了，洗劫并烧毁了一个面粉厂厂主的房子。

"四人丧生，"第二天的报纸大幅报道，"四人死亡，两个磨坊被烧毁。托雷贾尼的家宅被烧毁并洗劫。"

"这一天，一九一九年六月七日，将成为一个值得纪念的日子。"① 报纸如是说。

"是的。"第二天，当古迪塔的顾客把报纸拿给她看时，她这样说，"的确，但我们要铭记的是什么呢？四个人死了！这就是我们纪念它的原因。它使得造船厂的工人们重新获得工作机会了吗？或者使得面粉价格下调了吗？你看啊，"她说，"昨天我买的这袋面粉，比去年贵了三倍。明天它会便宜些吗？不，不会！我是怎么知道的？因为面粉厂厂主告诉我，保险涨价了，运输涨价了。看看他们会不会告诉你。看看他们是否愿意降低他们的利润。"

---

① 六月七日，又称六七节（Sette Giugno），是马耳他一个全国性的节日。这一天，全岛都会举行纪念活动。这一天逝世的四个人是：来自维托里奥萨（Vittoriosa）的洛伦佐·戴尔（Lorenzo Dyer），来自戈佐岛（Gozo）的朱塞佩·巴雅达（Giuseppe Bajada），来自斯利马（Sliema）的埃马努埃莱·阿塔尔德（Emmanuele Attard）和来自瓦莱塔（Valletta）的卡尔梅洛·阿贝拉（Carmelo Abela）。瓦莱塔城外的黑斯廷斯花园（Hastings Gardens）里矗立着一座缅怀他们的纪念碑。

*

　　古迪塔的政府合约结束了，她做面包的时间减少了，于是可以花更多时间尝试制作各种蛋糕和饼干，她想要实现开甜品店的梦想。那年她四十岁，她的面包房必须彻底整修。使用多年的烤炉需要维修、扩建，因为现在的烤炉都开两个门，其中一个用来烧火，这样烤箱会更干净。此外，柴油也开始取代煤炭作为燃料。面包房楼上房间的屋顶需要大幅修葺，墙壁也需要修补。她把老面包房卖给了她的一个雇员，然后请建筑商在比尔特–塔夫为她新建一个面包房。这个面包房，前面是商店，中间是烤炉，后面是宽敞的操作间。战争进入尾声时她买下了这片土地，她听从了阿尔弗雷德的忠告，慢慢地通过地产积累财富。在这方面她很幸运，她对银行的疑虑并非多余，战后银行体系崩溃，把钱投在银行的人全都血本无归。

*

　　八岁的利西娅在学校表现很好。马耳他语和意大利语她都能读会写，由于她活泼的天性和她带去学校的蛋糕，她有很多朋友。有时候古迪塔看着女儿，她说话的样子，交朋友轻松自如的样子，都能看到阿尔菲奥的影子，不像自己在陌生人面前总是很拘谨。她曾以为利西娅像自己的父亲，但现在她知道自己错得离谱。利西娅有阿尔菲奥的优雅，有他的魅力，能把人们吸引到她身边。利西娅对伊内兹的思念超出了古迪塔的想象。她只知道，伊内兹离开后的那段时间，她的女儿不愿说话了。起初利西娅给伊内兹写去幼稚的长信，告诉她自己是多么想念她，长大后要去纽约寻她，但信件需要很长时间才能到达，而等待回信的耐心却很快就消磨殆尽了。和比尔特-塔夫的其他女孩一样，利西娅十岁就离开了学校。她的同学们有的从事家政服务工作，有的待在家里帮助母亲照顾她们的大家庭。利西娅在面包房工作，学习她所需要的技能，这样有一天她就能代替母亲的位置。

到她十六岁那年，已经有三个同龄男孩的母亲来找古迪塔提亲了。古迪塔没有直接拒绝他们，只是说女儿还小，现在考虑这事还太早。

"我不想让她知道，"她告诉姬蒂，"我不希望她满脑子净琢磨这些个事儿。"

"相信我，正如你所说，她已经满脑子都是这些事儿了。你忘记我们十六岁时的情形了？我们当时都想什么？满脑子是什么？时候到了，她自然就知道了。"姬蒂说，她显然比她的朋友更有经验。

"我希望，她嫁的人能尊重她。"古迪塔说。

"还有呢？"姬蒂看着她的朋友，问道。

"还有不要糟践了她所拥有的那些。"古迪塔毫不犹豫地说。

"我相信，时候到了，利西娅自然就会知道了。"姬蒂说。

"你真这么认为？你觉得她有足够的理智想明白这些？我不知

道她脑子里在想些什么。你知道的，我和她就像陌生人一样，我对她的想法一无所知。你的伊内兹就会知道。她对这女孩的心思一清二楚。我真希望她从未离开。"

"哦，我也希望！"姬蒂说，"我是多么想念我的孩子们！有时我真希望自己能长出翅膀，飞去那里。有时候我站在那儿，"她指着通向院子的门说，"我真希望我能飞起来，一直往前飞，飞到纽约。又或者祈祷有位天使从天而降，把我带去他们的家，让我亲眼看看，他们信里写的是不是都是真的。看看他们的脸，我就回来。还有我的孙儿们！明明有了孙子孙女，却总也看不到他们的样子，真正的样子，不能把他们抱在怀里，这真叫人难受。你说，一张照片就能弥补我错过的一切吗？是，他们可以给我寄很多照片，给我写长长的信，告诉我他们的孩子如何成长，但日常生活中那些会让我内心充满喜悦的点点滴滴，我能知道吗？不可能！"她苦涩地说。

"这怎么越聊越伤心了呢？"古迪塔问她的朋友，"把我带来的那袋蛋糕打开吧，我们来尝尝。我自己倒是不介意去纽约。但是如果你走了，我该怎么办？在某种程度上，我很高兴你的尼古拉斯不想去。"

"这就是友谊吧，"古迪塔在回家的路上想道，"能和另一个人坐下来，接着以前的话头，轻轻松松地聊下去。能完全敞开心扉，因为你知道自己不会受到背叛，你的话既不会传出去也不会得罪人。"

她很庆幸，从孩提时代她就拥有了这份友谊。这份坚不可摧的友谊。哦，如果她的朋友告诉她，她要离开这个岛搬去孩子那里，她将会多么痛苦！

*

利西娅十八岁那年九月的一个清晨，罗伯特·阿塔尔德走进了她的生活。从利西娅看见他的那一刻，直到他死去的那一天，他完全占据了利西娅的生命。伊内兹的离去给利西娅留下了巨大的空虚感，她曾以为再也没有人能填补这片空白。她一个想法尚未成形，伊内兹就已经读懂了。伊内兹能猜出她的心愿，就好像这些心愿是从伊内兹的心里冒出来的一样。当她的目光第一次落在这个年轻人的脸上时，她就知道，这就是那个可以填补她内心空缺的人，她给了他一个毫无保留的信任的微笑，他的心被触动了。他是来送他们每周订购的面粉和糖的。他从卡车上卸下货，把一袋袋的糖和面粉送去后面的操作间，他小心翼翼的，仿佛它们是玻璃做的。他总在抽烟，从商店走到卡车，再从卡车走回来，嘴里一直叼了支烟。他穿着粗糙的工作服，身体精瘦而结实。他卸完货，拿着发票走到柜台前，站在那里看着利西娅结账，等她付钱。

"你在这里工作吗？"当她把钱放在柜台上时，他问道。

"是的。"她说。

"那你住在这附近？"他又问。

她站在那里盯着他，舌头仿佛打了结，不知该说什么，因为他的眼神还有唇边的微笑，正在她的脑海中飞旋、舞蹈。

"下周的订单现在就下吗？"见她没有回答他的问题，他又问。

她从恍惚中清醒过来，让他等一下，她去叫妈妈过来。他摘下唇间的烟头，扔出前门，打算再点一支，就在这时，他看到柜台后出现了一位年长女人，站到了年轻姑娘身边，于是他把烟盒放回自己的衬衫口袋。古迪塔从口袋里掏出订货单递给他，单子上笔迹圆润。

"斯蒂芬今天怎么没有来？"古迪塔问他。

"他昨天伤到背了。医生叫他卧床休息一周。我通常在另一片送货。"

罗伯特没再说什么就走了，利西娅觉得他仿佛把太阳也带走了。心里多想跑出商店，追着他的卡车把他叫回来，但脚下却像生了根一样，呆立在柜台后。她转过身，把托盘里的饼干摆摆正，与内心的慌乱做着斗争，绝望地想着，不知是否还能再见到他。

事实上，她差点就没再见到他。他想着，她的母亲是"维斯孔蒂甜品店"的老板，在岛上很有名，怎么可能同意让自己的女儿跟他来往。他觉得她母亲看中的人肯定不是他这样的，说不定人都已经选好了。但当罗伯特再见到利西娅时，虽然心中怀着怯意，他还是豁了出去，问她是否已经定亲。

"没有，你为什么这么问？"她答道。

"我就是好奇。像你这么漂亮的姑娘。"他说。

她等着他说下去，心怦怦直跳，但愿母亲能晚点进店，这样就能和他独处一会儿了。

"那你会考虑我吗?"

她给了他一个大大的笑容,点了点头。走进店里的古迪塔看见他俩之间的眼神,立刻就知道是怎么回事儿了。比尔古姨妈的声音仿佛穿越时空再次在耳畔响起:"从你妈妈见到你爸爸的那一刻起,事情就结束了。"

"告诉我,你叫什么名字?我得认识一下我的马车夫。"古迪塔开口打破了横在他俩之间的魔法。

"我叫罗伯特·阿塔尔德,来自卢卡。"他说。

"那么,来自卢卡的罗伯特·阿塔尔德,你为什么直愣愣地盯着我女儿看呢?是不是想更好地了解她呢?"

母亲的话让利西娅羞得满脸通红,恨不得消失不见才好。

"是的。"他说。

"那么下个星期天晚上到我家来吧。如果你愿意,可以带你妈妈一起来。"

她也知道这样做有些轻率。她应该先请媒人去他家看一看,查一查家世,然后再发出邀请。对她而言,卢卡是个遥远而陌生的地方,那里的人她一个也不认识。万一他家里有人酗酒,又或者有精神病或其他什么奇怪的毛病呢?

*

利西娅十九岁生日的两个月后,一个星期天的上午,利西娅、罗伯特还有她的母亲一起走进教堂,这一天在她的记忆中永远闪亮犹新。利西娅身穿一袭酒红色丝绸连衣裙——这颜色当时正流行——手拿一束黑鳗藤茉莉花，头发盘起。这发髻让她妈妈花了好一阵工夫。他们走向圣坛，罗伯特的家人和几个朋友正等在那里。

"你还记得我们肩并肩和我妈一起走进教堂那一天吗？"事情过去很久以后，她问他。

"记得，怎么了？"

"我当时紧张坏了！真不知道怎么没有一头栽在自己脚上穿的那双新鞋上。"

"你当时美极了。"他对她说。

"你还记得吗？所有邻居都从家里走出来，到大街上来看我们。"

"他们没在看我，这是肯定的。他们都望着你。所有这些人都在奇怪，你为什么偏偏会嫁给我！"

*

罗伯特和利西娅住在古迪塔楼上空出来的卧室里，这个房间通风敞亮，从一面大窗户可以俯瞰花园，远眺原野。婚后第一年，两个人关起房门，解锁爱情的伟大秘密，他们对对方身体的了解更甚于对自己的身体。躺在床上，放下蚊帐，他们在自己创造的世界里漂浮，窃窃私语，说着傻话，乐不可支，渐渐了解对方的喜恶。罗伯特性情温和，说起话来既不尖酸刻薄，也不冷嘲热讽。他经常告诉利西娅，自己是多么喜欢学习，八岁时就辍学帮父亲打理运输生意，对他来说是多么的痛苦。

"我希望接受教育。是的，这正是我欠缺的。我希望自己能读会写。校长告诉我母亲，这么早就让我离开学校实在是太遗憾了。他说我聪明，本可以有更好的前途。但我可怜的母亲不得不遵从我父亲的决定。此外，我们也确实没有多余的钱来买书本和铅笔。"

尽管利西娅天性活泼，但也有闹情绪的时候，她竭力掩盖，但罗伯特还是很困惑，他无法理解，为什么一个人可以一连好几周快乐而迷人，却忽然有一天产生如此戏剧化的转变。一开始，他担心问题出在自己身上，也许是他令她如此喜怒无常，于是竭尽全力探究原因。

"我不知道是什么让我变成这样，"有一天她告诉他，当时她正深陷于痛苦，"我有你，有我想要的一切。我没有任何求而不得的东西。"

的确，她可以得到任何她想要的东西，因为维斯孔蒂甜品店生意十分兴隆。现在她母亲雇了十名员工，二十四小时轮班，来自餐馆、咖啡馆、婚礼、洗礼还有各种节庆的订单源源不断，应接不暇。罗伯特有运输经验，于是负责送货。复活节和圣诞节是他们最忙的时候。他们的复活节甜点和圣诞节蜂蜜圈全岛热卖。

婚后八个月的一天早上，利西娅在店里晕倒了，妈妈让她回家休息。

"你怀孕了，"她笑着告诉她，"上帝保佑，但愿这是个男孩，将来好继承我们的家业。"

结果却是个女孩。尽管利西娅肚子很大，最宽大的围裙也遮挡不住，但生出来的婴儿却又小又瘦。接生婆刚把她从利西娅肚子里拽出来，她就开始哭，只有吃奶的时候才会停下来。由于她出生的日子临近圣方济各节，于是他们给她起名弗朗西丝。她是个难缠的小家伙，抱住妈妈就不放，一双小手在脸上胡乱抓着。接生婆让利西娅给她戴上手套，否则她的脸就要变成一幅布满抓痕的地图了。利西娅发现哺乳是一项令人既疲惫又沮丧的任务，她的乳房大得像西瓜，需要被清空，她的乳头又太小，婴儿无法吮吸。当她的乳头破裂流血时，利西娅放弃了，结果肿胀的乳房只能束缚起来。

　　利西娅和她女儿不亲近。作为一个母亲，她感到力不从心，这让她很沮丧。与此同时，女儿却十分依恋罗伯特，尽管每天见到他才几个小时，她几乎感到愤愤不平。

　　"她好像不喜欢我。"利西娅对罗伯特说。这天，难得他俩一起坐在花园里。

　　"胡说！她还那么小，知道什么呀。"罗伯特说。

　　"那为什么只要一看见你，她就满脸放光，你一进门，她就不哭不闹？"

　　听到他们对话的古迪塔，真想告诉利西娅，这么多年来，她们之间的关系也是如此。利西娅一直爱着伊内兹，而不是妈妈。古迪塔直到现在都还记得，伊内兹一走进房间，利西娅的小脸就亮了起来，这曾令她多么恼怒。她还记得，她对女儿说话时，女儿一脸麻木面无表情的样子，即便那时她还很小。古迪塔一直以为，她们的疏远要归咎于她把太多时间都放在了面包房。

"但现在利西娅花了那么多时间陪宝宝，怎么还会这样呢？也许，"古迪塔苦涩地想，"这就是母亲和女儿之间的关系吧。我打小就没了妈，我怎么会知道呢？这关系竟会如此紧张！"

是的，她看得出来，自从弗朗西丝出生后，女儿女婿之间的爱加深了，但她也能感觉到他们之间有一种紧张感，一种她不知该如何解读的紧张感。不过这种紧张感似乎在星期天下午就消失了，那时罗伯特经常用卡车载着她们去海边。天气暖和的时候，他们就在浅滩踩水，或者在岩石上撬帽贝。有风浪的时候，他们就坐在车厢里看大海。有时，他也会带她们去郊区，一直开到巴斯克特，他们肩并肩地散步，享受这样彼此相伴的时光。

*

可惜好景不长，这样的日子只持续到他们婚后的第三年，罗伯特走了。在比尔特狭窄的街道上，一匹脱缰的马将他撞向他的卡车，他的生命戛然而止。来店里给古迪塔送信的警察是本地人，下班时还常来买蛋糕和饼干。古迪塔站在柜台旁笑脸相迎，他却没有回应，当时她就知道出事了。

"有可以坐的地方吗？"他问她，指了指商店和面包房之间的那扇门。

古迪塔走在他前面，满脑子疑问，他为什么看上去那么严肃，真不知道他带来的到底是什么样的消息。她的房子着火了？还是弗朗西丝或者利西娅出了什么事？

警察在她对面的椅子上坐下，手放到她的膝盖上，这样的亲近她很不习惯，他用颤抖的声音告诉她："你的女婿，他出了事故。"

"情况有多糟？"她问道，但又害怕听到答案。

他摇了摇头，一言不发。她这才明白，那个她拿出真心当亲生儿子般对待的年轻人已经不在了。她发出一声凄厉的哭喊，声音又高又长，后面操作间的两名工作人员冲了进来，担心她遭到了袭击。

"不！不！"她尖叫，"这让我怎么和我女儿说啊？"

*

"当我明白过来以后，我唯一想到的就是我的利西娅，不是罗伯特的遭遇，甚至不是他的死因，而是我要如何告诉她这个可怕的消息。"数年后当她终于可以谈起这件事时，她告诉姬蒂。"你知道吗？有个念头立刻钻进了我的脑袋，我们被诅咒了。我想我父亲的家族被诅咒了。我自幼丧母，我女儿也是，现在连我的外孙女也没逃过。"

"你没被诅咒。这种事也发生在其他家庭。"姬蒂告诉她。然后，她细数了一遍比尔特-塔夫那些失去父亲、母亲的人，还有接连好几代单亲育儿的家庭。

"生活为什么这么难呢？你告诉我，我们为什么要受这样的苦？"古迪塔问。

＊

　　古迪塔承受了巨大的痛苦，但和她女儿比起来，那都不算什么。因为古迪塔可以把她的感情发泄在工作里，她增加了工作时间，累得站着都能睡着。但她女儿躺在床上什么也不想做。她停止了进食。她说一看到食物就恶心。她头发上满是汗，身上散发着一股难闻的气味，以致弗朗西丝都不愿进她的卧室。绝望中古迪塔请了罗伯特的妹妹来照顾她，这是个让她后悔的决定。这女孩不停谈论她的哥哥，更加重了利西娅的抑郁。最终古迪塔给了女孩一盒蛋糕，让她回家。姬蒂来到古迪塔家，一待就是几个小时，坐在床边陪伴利西娅，给她炖各种清汤、肉汤，尽管她碰也不碰，还拿出孩子们从纽约寄来的信读给她听。终于在姬蒂的耐心照料下，利西娅下了床，洗了澡，梳了头。她的身体瘦弱而苍白，连她自己都感到厌恶。

　　"幸好罗伯特不在。他一定不想看到这样的我。"她想。

＊

　　正当古迪塔不知该拿女儿如何是好时，纽约的信到了。是的，她理解她女儿正在经历的一切，她不也有过同样可怕的经历吗？但她爬出低谷真的花了那么长的时间吗？是什么拽着她的头发，让她重新站起来的？她记得那一天，阿尔弗雷德走进她的卧室，脸上挂着羞涩的笑容，身处女人的卧室，满是爽身粉、肥皂和奶水的气息，这让他很是尴尬。他谈到了友谊，他的说辞让她觉得倒像是她在帮他的忙。现在听着她的女儿读伊内兹的来信，信上说很难过听到这样的噩耗，问有什么可以帮忙的。古迪塔想到自己与姬蒂的友谊，她们的谈话能帮她理清思绪，往往能让她回归正途。她想起伊内兹和利西娅的关系，远比母女关系更亲密，却被快速而决然地斩断了。

"你为什么不去纽约拜访伊内兹呢？"利西娅读完信后，古迪塔问道。

"就这样一走了之？丢下孩子！你觉得我能做出那样的事？人家会怎么说？"利西娅恼怒地反问母亲。

"不管你怎么做，人家还是想说什么就说什么。我也不是让你明天就去，我是说也许六个月以后，等你感觉好一点，你可以把自己重新拾掇起来，到时候再去。"

"我再也不会好起来了。"利西娅怨恨地说。

古迪塔想说她完全理解，因为阿尔菲奥去世时她也是这样想的，但她还是保持了缄默。

*

床头柜上伊内兹的来信需要回复，每次利西娅的目光落在上面，她都有拿起笔的冲动。但她该写些什么呢？说她想离开这个再也见不到她心爱之人的地方？但她怎么能抛下他呢？他已长眠地下，她怎么能离开？她怎么能允许自己重新开怀，再次获得幸福？她该怎么办？她怎么能丢下才两岁大的女儿？这将给所有认识她的人传递出怎样的信息？

尽管心意未定，这天下午，她还是坐下来，动笔回信。她告诉伊内兹，她渴望离开这个小岛，渴望离开这个每块石头、每个街角都会让她想起罗伯特的地方。只是一想到要去这么远的地方，她就感到害怕，她甚至都没去过戈佐岛，此外她也要考虑她的母亲和女儿。

"指望妈妈一边经营面包房，一边照顾弗朗西丝，这实在不公平，而我丢下弗朗西丝也不合适。"

伊内兹对利西娅的想法表示理解，毕竟她也是位母亲，换成是她，她也会这样想。因此，三个月后，当她收到利西娅另一封来信，说已经决定要来看她，她大感意外。利西娅说姬蒂和她的母亲将照顾她的女儿，问她是否可以过来住三个月。

*

一九三七年夏天，八月一个炽热的下午，利西娅来到纽约。海上航程十分漫长，因为她必须先从马耳他坐船去马赛，在一家肮脏的旅馆里等上整整一个星期，然后搭乘阿拉伯号前往美国。同行的也有其他马耳他人，四个已婚男子为了找工作远走他乡，一个母亲带着五个孩子去找两年前去美国的丈夫，还有一个七口之家去投奔资助他们的叔叔。利西娅是唯一一个去访友的，这是很少有人能负担得起的奢侈。她身穿黑色丧服，长长的头发编成两根粗粗的辫子，盘在脑后。走下通往码头的舷梯时，她仿佛从老照片上剪下来的一样，两个来接她的人一下子就认出了她。

利西娅把三个月延长到了六个月。她喜欢纽约这个大都市，尽管伊内兹和丈夫住在一间黑暗的小房子里，房子是跟伊内兹的老板租的。老板是个德国犹太人，他不仅拥有他们所在的半条街，还拥有伊内兹工作的那家店。

"我在一家大旅馆当了两年的女佣，不瞒你说，那工作真是辛苦，铺床叠被，打扫厕所，做各种脏活累活。保罗也在那里工作，不是吗，保罗？别人不愿干的活儿，他都得干。有时在回家的路上我会走进这家甜品店，买一些小蛋糕，这让我想起了我们在你母亲甜品店里做的那些小蛋糕。有一天，我告诉店主，我以前在一家甜品店工作。你猜怎么着？他告诉我他正在招人，我下周就可以开始上班。从那以后我就一直在那儿工作。"伊内兹告诉她。

"那你呢，保罗？"

"保罗是卡车司机，做长途运输，公司卖什么他就运什么。"

"我把水果和蔬菜送过去，再把木材、面粉或糖运回来。有时我得从晚上一直开车开到第二天中午，不过收入还不错，这样我有足够的时间在家陪孩子。"他说。

"还好你们搬来这里。这儿的机会真多！比你们留在马耳他多多了。"利西娅说，对于她看到的一切都感到惊奇。

"住在纽约，最特别的就是，你可能在这儿住一辈子，也不认识你隔壁的邻居。如果没有家人，你会非常寂寞。保罗和我很幸运，我们的兄弟姐妹都来了，我们时常可以聚一聚，要不然，这儿尽管住了这么多人，也还是个非常令人感觉孤独的地方。我只希望妈妈和爸爸也能过来，尽管我不知道他们能否适应这种生活方式。"

"你妈妈会想念每天去教堂的日子，也会想念和我妈妈一起八卦的时光，这是肯定的。"利西娅说。

"是的，我想离开了田地、角豆树和仙人掌果，爸爸肯定没法习惯。他会想念他的酒吧和所有邻居。"

利西娅完全赞同，因为她理解就邻里关系而言，从亲密的乡村到冷漠的都市，需要一生来适应，但她并不介意。她不介意永远都待在这里。匿名的生活很适合她。这里没有人会以怜悯的眼光看着她，这个失去丈夫的女人，一个寡妇。没有人会好奇，她是否会像她母亲那样独自把女儿抚养成人，也没有人会猜测，再过多少个月她就会再婚。

"对于你父亲，这一定很可怕，他会非常想家的。"

"想家是件可怕的事。就像得了病，心病。"保罗说，"你可以拥有你想要的一切：金钱、食物、空间，但它们无法填补你与土地告别时在心中留下的空洞。在这里我是幸福的，但有时候，我只想坐在老家院子里，吃一片浸过橄榄油的面包。"

"的确，保罗的思乡病比我严重，"伊内兹说，"有时他真的很糟糕，尤其是当他一个人坐在他那辆大卡车里的时候。在这里我有孩子。他们是美国人，虽然会说马耳他语，但他们是这个国家的孩子。我通过工作交了很多朋友。我认为只有建立了朋友圈才能融入这个国家。没有友谊，你只想回到你来的地方。我知道有很多人在这里待了两年就回去了。当然，也有很多人一回去就后悔，又立刻回到这里。"

*

利西娅来美国一周后，伊内兹带她去上班，并把她介绍给了她的老板。

"这就是我跟你提过的那位朋友，"她说，"她是位甜品师。她的母亲拥有马耳他最大的甜品店。"

"我也希望可以留下她，只是眼下我恐怕并不需要更多的人手。"他对她说，"就在上周，我的朋友多纳托说他缺人。带她去他的面包房看看吧。"

利西娅开始在多纳托那里工作，这是家意大利面包房，为附近的商店供应面包和蛋糕。

"我父亲是意大利人，他是甜品师。"利西娅用意大利语告诉店主，"他叫阿尔菲奥·维斯孔蒂。"

"以前离这里不远，有家人也是这个姓，但后来他们搬去了旧金山。不过他们并不是面包师。我只知道他们来自卡拉布里亚。他们可能和你有亲戚关系呢。"

利西娅每天从晚上七点一直工作到早上八点，时间很长，不过她在母亲的面包房里也要工作那么长时间，忙的时候还经常加班。

"这儿和我们那儿很不一样！"她告诉伊内兹，"我们没有你们这里的浓牛奶，也没有奶油。我从没见过那种奶油。还有黄油！难怪这儿的蛋糕和我们的味道完全不一样。它们没那么重也没那么易碎，它们要轻得多，而且面团的黏合性也要好得多。"

她第一次见到了鲜酵母，并决定要带些回家，引入他们的面包房。

"毫无疑问，我要把鲜酵母引入我们的面包房，但我简直无法想象这将带来怎样的变化。这种面包将无比美好，不像我们的面包那么硬，裹着厚厚的壳，而且几乎一过夜就变味。"

"只要能得到一片那样的面包，让我付出什么都行。"保罗说，"这里的面包就像棉球，虽然入口即化，却什么也不会留下。"

还有四周利西娅就要回去了，这天伊内兹下班带回一个消息，她工作的面包房要被卖掉了。

"很有可能新东家会带来自己人。可我很喜欢在那里工作，就像家一样。"

"你可以买下来吗？"

"我到哪里去找这笔钱呀？"她问。

"你需要多少？"

"七百美元，再加上买原料的钱。"

"一千美元？"她问。

"差不多。"

"我妈妈可以借给你这笔钱，"利西娅说，"我写信问问她。"

"可是等她收到你的信，就已经太晚了。不行，虽然我很喜欢这个主意，但这是不可能的。"

"为什么？你知道如何运营这家店，工作又很努力。"

"我不喜欢负债。我讨厌欠钱。我会很焦虑，急着把钱还给你。"

"是的，但我认为你会错过一个大好的机会。"

*

哦，伊内兹多希望她能买得起面包房啊！那将带来怎样的变化！她的儿子们将和她一起工作，还有保罗，这样他就再也不用跑长途了。而且，他们可以住在面包房楼上，省下房租。一千美元！这得借一大笔钱。但另一方面，这家面包房有着稳定的客户群，如果把前厅改成咖啡店，她就可以直接卖自家做的蛋糕了。但是这么多钱！她要多久才能还清啊？还有利息呢？

利西娅也在考虑这个机会。她确信她母亲会有兴趣在纽约投资一间面包房。

"想象一下！如果妈妈做伊内兹的合伙人呢？她提供资本，然后分红？百分之五？会不会太高？她们可以在律师面前拟一份协议。我相信伊内兹会同意的。"

接下来的几天，电报在马耳他和纽约之间来来去去，尽管字数有限，古迪塔还是看懂了女儿的提议，也认为这确实是个好主意。一千美元电汇到账，协议签署，伊内兹一家人搬家入主面包房。面包房以新老板的名字命名："博格和维斯孔蒂的面包房"，开张那天利西娅也在场。

＊

离开马耳他六个月后，利西娅带着礼物回到岛上。她的行李箱里装着一本多纳托面包房的食谱，还有一张她和伊内兹站在面包房前的合影，脑子里还装着改善母亲面包房的上百种方法。当她母亲租的黑色轿车，把她从码头接回家时，邻居们都站在门外看。街上一阵沸腾，狗也叫了起来，孩子们围着出租车，想看看他们是否还能认出古迪塔的女儿。邻居们孜孜不倦地猜测着这个年轻女人可能的变化，离开村子时她裹着黑色的丧服，长长的头发编成两根粗辫子，眼睛哭肿了，脸又黄又瘦。

"纽约真是个创造奇迹的地方。看看她！好像又回到了十八岁。"当利西娅走下车时，一位邻居说。

"我就知道她不可能坚持两年都穿黑衣服。"另一位说，"这一代人不知敬畏。"

"我就说吧，她会剪短头发。我姐姐在信上说，在美国女人都剪短发。她们甚至还会把长发给卖掉，你知道吗？不知道利西娅有没有把她的卖掉。她有一头美丽的长发。真可惜！"另一位说。

＊

弗朗西丝不愿去母亲那里。当利西娅想把她抱起来时，她躲开了，藏到了外婆的裙子后面。

"过去呀，看看你妈妈给你带了什么。"古迪塔边说，边把她从自己身后拽了出来。

利西娅的行李箱里有个盒子，里面装着个漂亮的洋娃娃。她的母亲把它拿了出来。

"这是给你的。"利西娅哄着她。

弗朗西丝摇摇头，不肯要。

"她害羞了，"古迪塔说，"她一直都盼着见你。"

*

但是弗朗西丝不要这个陌生女人碰她。她不喜欢利西娅冲她笑的样子，紧张兮兮的，像在乞求她的喜爱。弗朗西丝爱她的外婆，两个都爱。姬蒂，白天照顾她，古迪塔，晚上陪她睡觉。她爱姬蒂，姬蒂把曾经教过自己孩子的韵文和歌曲教给她，这些韵文弗朗西丝一学就会，晚上躺在另一位外婆温暖的床上，她就背给外婆听。她爱尼古拉斯，她称他为外公，当她痛苦时，他的耐心和微笑总能治愈她。她喜欢他为她做的蟋蟀笼子，还有用棕榈叶编的扇子，这比她外婆在教堂用的西班牙扇子好使多了。她爱古迪塔。喜欢古迪塔的气息，混合着香草、橙子、蛋糕和布丁的味道。她喜欢看古迪塔记账，古迪塔把面包房当天的收入带回家，把钞票放在一边，把一袋硬币分成一堆一堆的，把数字记在一个大本子上，不许弗朗西丝在这本子上涂画。她喜欢看外婆舔着铅笔尖，望着远方，把写的一长串数字加起来的样子。不过，她最喜欢的还是，坐在外婆的腿上，面前的餐桌上摆着两碗黑咖啡和一盘酵母夸哈饼，蘸一蘸，边吃边听外婆讲她经历过的那些往事。但是这个女人？这个坐着黑汽车来到她们家的女人，穿着厚厚的大衣，上面有大大的纽扣和毛领，脖子上像围了条猫尾巴，这个女人她不喜欢。她有个模糊印象，很久以前她似乎见过这个女人。她就是那个整天躺在床上哭泣的女人吗？那个穿着黑衣服，浑身一股疾病气味儿的人吗？她就是那个人吗？又或者这个女人是来取代那个女人的？弗朗西丝记得自己曾去那女人的卧室，她面朝墙壁，躺在那里睡觉或者哭泣，弗朗西丝摸摸她的肩膀，想看看她的脸，但那女人总是甩开弗朗西丝的手，让她走开。弗朗西丝记得，那曾让她多么难过，她只好跑去外婆或姬蒂身边寻求安慰。现在这女人想给她东西，想和她交朋友。但弗朗西丝不要。她不要这个女人——这个她外婆口中爱她的母亲——触摸她，甚至亲吻她，最重要的是，她不想被这个女人带走。

"外婆，那个女人是不是很快又要走了？"她俩单独在厨房准备食物时，弗朗西丝问她的外婆。

"那个女人是你的母亲，"古迪塔说，"不，她不走。她就住在这所房子里。她睡在楼上的卧室里。"

"但我还是睡在你的床上，是吗？"

"是的，今晚是的。明天，我们再说吧。"

弗朗西丝低头看着自己的鞋，这是外婆给她买的新鞋，她很喜欢这双鞋，她知道她的母亲，如果她确实是的话，绝对没办法把她从外婆的床上拽走，带去其他地方。在此后的一生中，弗朗西丝对于自己的遭遇从来只埋怨自己。她认为，那是她因厌恶母亲而受到的惩罚。也许如果她对母亲好一点，她的人生就会变得完全不同。她母亲总是习惯性地提醒她，自己为她所做的一切，为此弗朗西丝很是瞧不起她。很小的时候，她就意识到，母亲无论给她什么或是为她做什么，都不是发自内心，不是出于爱。

看到外孙女流露出的敌意，古迪塔很不安，不止一次地斥责她的无礼。

"她是你的母亲，"她总是告诫她，"你必须尊重她。"

但是有一天一个男人来店里找母亲，弗朗西丝失去了对母亲仅存的一丝尊敬。那年弗朗西丝六岁。那天又冷又湿，她患了严重的感冒，母亲让她待在家里别去上学。她躺在店后的面包房里，外婆给她用毛毯铺了张床，远离烤炉。从她躺着的角落，她看见母亲斜倚在柜台上，一位顾客不知说了什么，她笑得很欢。他的脸和她的脸挨得那么近，他们的额头几乎都要碰上了。当母亲把他带进她躺着的面包房时，她看到母亲容光焕发的脸和灿烂的笑容。她明白，从现在起，在母亲的生命中，她都只能排在第二位了。这个想法，是如此清晰，有如神启。

"这个讨厌的男人将把她从我身边带走。"

弗朗西丝一直认为亨利·萨马特很丑，尽管其他人的看法恰恰相反。他有魅力，只是对六岁的孩子不管用。他认为，如果有必要的话，他甚至可以把蜜蜂引出蜂巢。他轻而易举就迷倒了这个女人，现在他决意也要迷住她的女儿。但弗朗西丝和他没什么共识。他的笑话和对她病情的关心都没能打动她。

"你要嫁给他吗?"等他走后,她问她妈妈。

"天哪,他还没问我呢。"利西娅答道。

"如果他问你呢?"她执意问道。

"为什么这么问?"

"我不喜欢他。他很丑。"弗朗西丝告诉她。

"需要喜欢他的人不是你,而是我。而且你错了,他并不丑。"

那天晚上,弗朗西丝紧挨着外婆躺在她的大床上。

"外婆,那个男人要娶妈妈吗?"她问。

"我们还不知道。我们只能等着瞧了。"

"我不喜欢他。我恨他。"她的反应很强烈。

"但是,亲爱的,你只见过他几分钟,这么短的时间你怎么就打定主意了呢?"

但其实外婆完全理解,因为当利西娅带着他四下参观时,她看到他的眼睛打量着摆满蛋糕饼干的玻璃橱窗、面包房和操作间,她不也产生了相同的感觉吗?

*

"这么说来,你们并不是第一次见面?"当利西娅把他带到古迪塔面前时,古迪塔问她的女儿。

"不,亨利很久以前见过我,当时我刚从纽约回家,"她说,"那是多久以前的事了?"

"准确地说,是两年半以前,"亨利说,"我花了那么长时间才鼓起勇气来和您的女儿说话。"

古迪塔怀疑地看着他。如果他真的这么久以前就被她的女儿吸引了，像他这样的男人——在工作日穿着西装，操着造作的马耳他口音，一双手看起来从未做过任何工，说出来的话都像枣子一样甜，为什么他会等这么久才采取行动？

古迪塔保持了缄默，因为她记得姬蒂说过，任何负面的评价日后都会成为她无法摆脱的困扰。

*

"你是什么时候遇见他的？"等他走后，古迪塔问她女儿，因为她很难相信，她女儿和一个陌生男性交谈却没有告诉她。

"我去银行时见过他几次。那是我第一次见到他的地方。"

"他在银行工作？"古迪塔问。

"不，他是个经纪人。"

"你是说中介。"古迪塔说。

"不，他是个经纪人。他帮助人们收购企业。"

"这还不是一样！他有没有告诉你他有多少身家？"

"妈妈！"她抗议道，"他告诉我他的合伙人是个骗子，但现在他已经独立了，他必须一切从头开始。"

"也就是说他身无分文。难怪他的眼睛几乎像要吞了我的面包房那样。"古迪塔暗想。

"当心啊，他一定知道你挺有钱的。"她对利西娅说。

"妈妈，任何对我有兴趣的人，你都会起疑心。亨利不是那种人。"

"那他是哪种人？"她真想问。

*

弗朗西丝将得到一件新衣服和一对耳环，在母亲的婚礼上穿戴。因为利西娅是寡妇，婚礼的规模不大。利西娅和亨利将在姆西达他教区的教堂结婚，随后去他母亲家办一个小型招待会，餐饮由古迪塔提供。他们想去锡拉库萨玩一个星期，因为当时的富人都是这么做的。古迪塔没批准。她认为这太奢侈，因为她在圣保罗湾有一所非常好的房子，他们可以去那里。等他们回来以后可以住在古迪塔在比尔特–塔夫的一处房子里。

"我必须住在那里吗？"当妈妈忙着给新房子做窗帘时，弗朗西丝问古迪塔。

"当然。你将和妈妈一起生活，不过只要你想，随时都可以来看我。"古迪塔告诉她。

虽然与母亲和亨利的共同生活无法引起她的兴趣，整个婚礼的筹备工作却使她兴奋不已。从裁缝借给他们的英文画册里挑选款式，去商店看布料，和裁缝商量价钱，量尺寸，裁缝嘴里叼着针，一边在她身上拼接裁好的布片，一边夸赞她是个很有耐心的小姑娘。这一切都太有趣了！裙子被挂在木头衣架上送到了外婆家，它看上去美极了，她必须把它挂在自己整夜都能看到的地方。

婚礼那天，弗朗西丝醒来，身上布满了鲜红的斑点，两眼泪汪汪的，脸通红。

"蚊子咬的。"妈妈心存侥幸地说。

"麻疹。"古迪塔说，"这孩子得了麻疹，得卧床休息。"

"我结婚那天，你把自己弄病了。"很多年以后，她已经十七岁，母亲指责她，"故意来气我。"

她没搭理她母亲，只是轻蔑地看了她一眼就走开了。而她母亲却大发雷霆，在她背后歇斯底里地大叫："你最好小心点，听见了吗？总有一天你会后悔的。"

*

结果，后悔的是利西娅，因为没过多久她就看出了亨利的本性。和罗伯特完全不同！这她是预料到了的。亨利和罗伯特是两种完全不同的人，她觉得这是因为两人成长于不同的家庭、不同的城镇、不同的环境。罗伯特渴望教育，而亨利对他所受的教育不以为然。罗伯特少言寡语，而亨利说起话来简直都不用呼吸，天上地下无所不知——正是这种特质吸引了她，但日子久了却教她厌烦。还有就是夜晚。和罗伯特一起的夜晚，是探索，是欢乐，是不顾一切地冲进漩涡，直到两人都精疲力竭。

"你真美，"他常常这样对她说，"和你在一起，怎么都不够。"

和罗伯特在一起，她就变成了公主，她的身体美丽、柔软、顺从。

"你里面就像是蜂蜜，温暖、丝滑，天鹅绒一样。"他告诉她。

她对亨利也多少寄予有这样的期许。是的，当然，她并没指望他能像罗伯特那样，把她从封闭的自我中解放出来，但她多少还是期盼着一些温柔、一些欢愉的。不仅如此，她还期盼着两个人的交流，互相倾诉，安慰彼此的心灵，分担彼此的忧愁。亨利的一切——他的语言、他的服饰、他的眼神——似乎都做出了这样的承诺。但是，噢，她被骗了！

他们的第一夜如此令人失望。她惴惴不安地迈入这一夜，不知道自己该怎么做，也不知道他会怎么做。她应该主动些，还是把一切都交给他？毕竟，她是有经验的那一个，她知道如何取悦一个男人。但是他会喜欢吗？还是会认为她太过分？她的担忧很快就结束了，因为她刚躺下，他就翻身压住了她。一言不发抓住她的肩膀，用身体的重量把她钉在了床上，她几乎窒息。她的身体受到了惊吓。她能感觉到自己正在变紧，正在关闭，正在干涸。但是他，完全意识不到她的感受，长驱直入，他在她的体内动作，像手术刀一样将她撕裂。他那全情投入的表情吓坏了她。她从自己半睁的眼睛里看到了动物般的他，他那毛茸茸的肩膀和黑色的胸毛有如野兽，在她的视线中起伏，他大汗淋漓、气喘吁吁地攻击着她。很快他就达到了高潮，头向后甩去，仿佛处于极大的痛苦中，咬紧牙关，面容狰狞。然后，他依旧一言不发，翻身，长长地出了口气，睡过去了。

她仰面躺着，毫无睡意。

"我应该预料到的，"她想，"我真傻，竟然还怀有期盼。"

在陌生的旅馆房间里她感到了冷意，浑身发抖，仿佛躺在寒风中。

"我是独自一人。"她想。

*

婚后三个月，当她告诉他自己怀孕时，他显然非常满意。他对她关怀备至，当他穿着西装打着领带去面包房时，从来也不许她拿任何重物。

"我的儿子可不能出任何意外。"他对她说。

"也可能是女儿。"利西娅说。

"不，这是个男孩。"他说。

他说得没错，一九四〇年一月，整个世界动荡不安，她的儿子托马斯出生了。他是一个健壮的婴儿，几乎吸干了母亲的乳汁，这让接生婆很是欣喜，她还记得利西娅给弗朗西丝喂奶时遇到的麻烦。

"这孩子会长得很快，"接生婆告诉古迪塔，"你还没察觉，他就已经在你的面包房里干活了。"

这话让亨利很是愤怒。

"我儿子不可能在面包房里工作。他将去意大利学习，成为一名医生或律师。"

"马耳他的大学还不够好吗？"接生婆忍住笑问道。

"意大利的大学优秀多了。"他以权威的口吻说道。

*

亨利爱意大利，爱意大利的一切。他热爱意大利语，能整段整段背诵但丁的作品。他热爱他们的服装风格，他们的艺术，他们的历史和文化。他此生最大的遗憾就是没能生为意大利人。眼下英国即将发动的针对意大利的这场战争彻底激怒了他。他相信法西斯主义将改变世界，他信任贝尼托·墨索里尼，爱他文章风流，敬他从报纸编辑一跃成为这个伟大国家的领导人。在古迪塔的面包房、咖啡店或者教堂广场，亨利从不羞于公开他的看法。他总是清清楚楚地高声宣扬自己的观点。利西娅怕惹麻烦，求他不要那样张扬，他告诉她，他的观点就是大多数受过教育的马耳他人的观点。

"他们不希望英语成为我们的官方语言。想象一下，如果法庭不再使用意大利语，而是改用英语，这时你被捕了，你能听懂他们在说什么吗？人们能理解律师们在说什么吗？"

"反正大多数人都搞不懂他们的律师在说什么。你倒是说说，能有多少人会说意大利语？也就是那些上过学的人才会吧。法院应该说我们自己的语言，这样我们就都能弄明白了。"听到他们对话的古迪塔插嘴道。

"马耳他语！绝不可能！"

"杰拉尔德·斯特里克兰就主张把马耳他语引入法庭。"利西娅说。

"对，那只是他意图引入英语而耍的手腕罢了。"

"这种言论会让你女婿惹上麻烦的。"一天当地警察路过，提醒古迪塔，"他的名字已经出现在警方的名单上了，有人监视他，报告他所说的一切。我会告诉你，是因为我尊敬你，我不希望你的家人出什么事。"

"他会出什么事？"古迪塔恐惧地问。

"他会因煽动群众而入狱。英国人不会容忍叛徒。告诉他，就说是我说的，让他把那些想法烂在肚子里。"

这个警告来得太迟了。一天下午，所有人都在家，两名警察敲响了利西娅的门，把亨利带去审问。他的护照被没收了，他被送回家软禁。古迪塔还是老思想，觉得钱可以解决一切问题，就让利西娅给一个她觉得可以收买的法官送去了五百英镑，但这件事归英国人管，而他们的系统可就没这么灵活了。一天黎明时分，亨利和其他几百名同情意大利的人一起被逐出马耳他，遣往未知的地方①，这时亨利的耳边传来利西娅的消息，她又怀孕了。

*

如果利西娅指望亨利的来信，还像他的言词那样热情洋溢，

---

① 这些马耳他人先被送去了亚历山大港（Alexandria），然后又送去了乌干达（Uganda）。参见埃贝特·加纳多（Herbert Ganado）所著的《亲历马耳他变迁》(*Rajt Malta Tinbidel*)第二卷。

那她一定要失望了。她收到的几封信都很短，信中告诉她，他正在咬紧牙关坚持，任何批评或提及拘留营的语句都被审查员用粗笔抹掉了。战争结束六个月后，亨利回到了马耳他，他躲过了整整两年日复一日的轰炸带来的创伤，也没有经历被围困的艰辛。当他踏上码头，第一印象就是这场战争毁灭性的后果。港口周围满目疮痍，让他和他的战俘伙伴们瞠目结舌。尽管亲眼看到了持续两年轰炸的结果，但他始终无法真正理解，他的家庭到底经历了什么。有一天，利西娅谈起在防空洞中生下女儿的恐怖情景，上空德国重型战机的隆隆声和尖锐的警笛声，从厚厚的石墙中渗入她所在的小小的藏身之处，他不以为然地看着她，说自己被流放到一个远离文明的异邦，那境遇比她糟多了。

"起码你是在自己家里，没有人把你当罪犯一样看守。"他说。

她真想告诉他，正是他的肆无忌惮，他的狂妄言论，令她在最需要帮助的时刻孤立无援。她真想告诉他，当她把女儿带出学校时是多么内疚，因为弗朗西丝得帮助自己照顾其他的孩子，而她明明知道罗伯特是多么希望看到弗朗西丝受教育。但她又能怎么办呢？

她母亲比以前更忙了。由于住在比尔特-塔夫的难民太多了，面包房只能重新专注于烤面包，只要有面粉，她就必须为依赖她的顾客们烘烤足够的面包。战争最激烈的时候，面包房染上了霉菌，卫生检查员勒令她停业。但由于面包房提供的是生活必需品，政府承担了翻新费用。这给了她两个星期的休息时间，她可以在亨利不在场的情况下享受与外孙们的天伦之乐。虽然亨利是她两个外孙的父亲，但她从未将他视作女婿，也无法产生像对女儿第一任丈夫那样的感情。她不信任亨利，总觉得他迟早会干出些坏事。他在战前的种种行为，导致她的女儿独自度过了岛上最可怕的一段日子，这是她永远也无法释怀的。尽管她从未挑明过这种不信任，但它始终潜伏在她心里，就等着他做出什么不检点的事，好把他揪出来，证明她是对的。

当她去金匠那里给弗朗西丝买耳环时，她终于发现自己一直以来都是对的。玻璃柜台里有一对耳环，和她作为嫁妆送给利西娅的那对很像。

"我曾在你这里买过一副这样的耳环给我女儿，当时你向我保证，说绝不会再做同样的耳环。"古迪塔指着玻璃后面的耳环对他说。

那位与她相识多年的金匠顿时张口结舌。他用手指拽了拽衬衫衣领，又扶了扶腰带，像在确认，自己还是穿着衣服的。

"我没有再做一副。"他终于说道。

"是利西娅吗？"她问。

"真的，古迪塔，你知道的，我不能说。"

"你怎么知道它们不是被偷出来的？"

她看得出来，那男人窘得几乎都要哭出来了。最后他从陈列柜里取出那对耳环，说她可以以战前同样的价格买回它们。

"尽管，你也知道，黄金的价格已经翻了三倍。"

"不，你花多少钱买下的，我付给你。"她对他说。

看着他小心翼翼地把耳环放进小盒子里，她脑筋飞转，想找到一个摆脱这种情形的最佳方案。

"我不想知道它们是怎么跑来你这里的，不过如果再发生这样的事，请你把它们给我留着。"临走前她对他说。

尽管其实她很想知道，极其想知道，这对耳环是怎么跑到金匠那里的。

"当然，"她在回家的路上想道，"如果利西娅需要钱，她会告诉我。而不是卖掉自己的陪嫁金饰。每次美国面包房的支票一到，我就会把钱交给她，战争期间我一直都确保她能得到她所需要的一切。"

利西娅和母亲一样震惊，尤其是当她打开首饰盒，发现里面空空如也时。

"我遭贼了。"她说。

"你得去报警。"她母亲说。

突然之间，利西娅知道了。她知道谁是那个贼。她看着母亲，心头一凉。她曾担心亨利并没有把时间花在找工作上，而是在赌博上，现在这种担心找到了根据。嫁给他的时候，她就知道他有赌瘾，他曾亲口告诉她，他年轻时喜欢赌博。他说，告诉她这件事，是不希望她从别人那里听到这些。但他向她发誓，说自己已经很多年都没碰过牌了。

"那是我年轻时做的傻事，"她记得他是这么说的，"父亲临终时，我曾向他发誓戒赌，我做到了。他从不赌博，从未被诱惑。我讨厌他做任何事情都要求照规矩办事。我知道只要我想停就能停，我也做到了。我必须证明我的自制力和他一样强。"

那天晚上，当他俩独处时，利西娅指责亨利偷了她的金饰。她称他是贼，这让他很愤怒，他说他只是借用了本就属于自己的东西，而且等手气转了，他就会把它们赎回来。

"你的自控力呢？去哪里了？结婚前你对我说，你再也不会赌博。"

"那是因为战俘营。日复一日，终日无所事事，你能想象那是怎样的吗？如果不做点什么，我一定会发疯的。"

"但现在你不再被囚着了，你回家了，你不需要用它填补空虚。有的是工作，只要你去找。"

"是吗，在哪儿？你告诉我，哪里有工作？成百上千的人不都在找工作吗？"

他说得没错，船坞作为主要的雇主，正在裁员，那些急需工作的人正在成群结队地离开这个海岛。

"过来，姑娘，"说着他向她展开怀抱，"我手气不顺，仅此而已。我会转运的。我有预感。"

她躲开他，不想让他碰她，他的话让她恶心，他没有道歉，甚至没有丝毫悔意，而且还声明，他还要继续赌下去。

"那你到哪里去找本钱呢？"她问他。

"上帝会送来的。"他轻描淡写地说。

正是这些话，让她感到绝望，世界末日般的绝望，因为她知道并确信，这个躺在她身边的男人，她两个孩子的父亲，将像块磨石一般拴在她脖子上，直至她生命终结，无论她多么努力地工作，都无法填满他的欲望，那种她甚至无法理解的欲望。利西娅想起在纽约的伊内兹，她有幸生活在一个可以与丈夫离婚的国家，只要她想，就能切断和他所有的关联。而她自己，被牢牢地绑在这个男人身上，无法摆脱，直到她死的那一天。愤怒的泪水顺着脸庞流下来，她只能恨自己。她本该像她母亲和外祖父那样，独自抚养她的女儿。她应该珍惜罗伯特留下的回忆，而不是让其他人取代他。她想起罗伯特，从他走进面包房的那一瞬，直至他去世的那一刻，他让她的生活如此充实。

"你订婚了吗？"他曾这样问她。

就是那一刻，她的人生被改变，他就是她的力量和信念。现在他走了，她无力弥补自己犯下的巨大错误。这个错误让她疏远了她的女儿，罗伯特的女儿，这个恨她的女儿。她忍受着这难以承受的恨意，因为是她背叛了女儿。她再婚，她剥夺了女儿受教育的机会，那本是弗朗西丝的亲生父亲最为珍视的，是她背叛了弗朗西丝。

"这孩子，"他曾对她说，"会成为老师。"

那是五月底一个风轻云淡的日子，春天快要结束，夏天就像上帝许诺的一份礼物，即将到来。他们坐在圆石滩的岩石上，面朝大海，弗朗西丝坐在罗伯特的腿上。海湾在他们面前展开，海面波光粼粼。利西娅紧紧依偎着他，她的脸颊感觉到他的肩膀，她心知，此时此地，和她心爱的男人在一起，最大的幸福莫过于此。

"老师？"她问，"你要求可不低啊。"

"你看她多聪明。已经在数我衬衫上的纽扣了。"罗伯特笑着说。

亨利打着呼，那是种她讨厌的沉重的动物般的鼾声。利西娅悄悄拿起枕头，为了不惊醒他，她蹑手蹑脚地走出卧室，蜷在客厅的沙发上，睁着眼睛等天亮。

*

古迪塔躺在床上，面朝天花板，很多年前她和阿尔菲奥一起躺在上面的，正是这张床。她的父亲，在妻子过世后，独自在这里睡了大半辈子。这时她耳畔响起父亲的声音。

"你一辈子勤勤恳恳。你做得很好，我的女儿。现在一条蛇进了你的家，不等你反应过来，他就会偷走你为之奋斗的一切。你的女儿太软弱，她从未像你一样坚强。她的丈夫巧舌如簧，必将游说于她，令她屈服于他的意志。对他，你要谨慎，他不是你的亲骨肉。他是个外人。"

"我该怎么办？"她自忖道。

"立下遗嘱。"他告诉她。

第二天当她去公证人办公室时，街上的人都知道她这是去干什么。

"我的女儿将继承她现在居住的房子和面包房。弗朗西丝将得到比尔特-塔夫的房子，如果纽约的面包房要出售，她可以行使我的权利将其收购。我要你开个银行账户，等我死后，纽约的钱就直接汇给她。我另两个外孙将得到伊姆希拉的两块地和圣保罗湾的房子。等我的外孙们年满十八岁，我银行账户里所有的钱平分给他们。我活着的时候已经给了我女儿足够的钱，她应该靠自己的力量谋生了。"

*

亨利的赌债终于曝光了。因为怕死他回到家，哀求利西娅为他筹措两千英镑。这在当时是笔巨款，可以轻松买下四栋房子。

"债主们会杀了我的。"他告诉她。

"我到哪里去找这么大一笔钱？"她问他。

"你母亲，去找你母亲。"

看在女儿的分上，古迪塔救了他，但并不相信他能戒赌。

"这是他血液里的东西，"她想，"也许只有流血才能将它清除出体外。"

"拿去吧，再多我也没有了，"她说着递给女儿一卷钱，"这本是留给你的孩子们的。如果你再有需要，也别来找我了。"

古迪塔被激怒了，因为这个男人不仅偷了她女儿的陪嫁，还偷了本该她外孙们继承的遗产，她本指望，当他们长大，这笔钱能帮他们成家立业。

*

一九四七年夏天，亨利收到一封来自亚历山大港的电报。送信的警察不肯把它交给利西娅，因为电报是发给亨利的，需要他的签名。

"叫他到警局来拿。"

这让利西娅的心里悬起了块大石头。是不是亨利在拘留期间欠下了一大笔赌债?她母亲已经说得很清楚,她再也没钱来保他了,就算有也不会再给他一分一毫。他曾热泪盈眶地保证说自己再也不会踏足那些赌友们去的酒吧了,就利西娅所知,他没再去。利西娅重新回面包房工作,干着大部分繁重的活儿,因为古迪塔已经不再年轻。战后过了好一阵子商业才得以恢复。货架上的商品很少,人们依旧不得不排着长队等候几个小时。随着面粉和糖供应量的增加,利西娅重又引入战前曾烘焙过的蛋糕和饼干。现在他们有不同的面粉可供选择。海轮千里迢迢送来了加拿大和澳大利亚的面粉。加拿大面粉远胜澳大利亚面粉,后者的精华似乎都被抽走了。渐渐地,货架又丰富了起来,还记得战前的舒芙蕾蛋糕的老顾客们,开始为一些特殊场合订购它们。看似已经悔过的亨利询问是否可以来店里工作。古迪塔思虑再三,觉得在钱上面还是无法信任他,于是让他负责运输。

*

那天下午,亨利走出警局,手里攥着一张纸,在他看来,一切都在和他作对。七月耀眼的阳光,照在长长的人行道上,似乎故意将那炽烈的光芒射在他身上,好让他尝尝回到妻子身边时将要面对的地狱般的滋味。电报里的文字随着脚步的节奏,心跳的频率，在他的脑海里跳动。一种前所未有的愤怒和焦虑让他的头一阵抽搐。他哀叹倒了霉运，害得他再次暴露。他原以为那些发生在亚历山大港的事都已经成为过去。当他走向他的房子时，愤怒使他浑身发抖，这愤怒指向那些乐于再一次见到他被击垮的人。

利西娅为他打开门。她一直在前屋的窗后等着他回来，担心这电报又将带来怎样的噩耗。"电报里写了什么？"没等他坐下来，利西娅就问。

他的面色是她从未见过的惨白。他的嘴唇抿成一条直线，似乎任何东西也无法把它撬开。他投向她的目光里有仇恨，有愤怒，还有使她害怕的恶毒。

"是债务吗？"她问他，放在餐桌上的手颤抖着。

"你想的就是这个吗？"他咆哮，"不，不是债务。你妈妈的钱安全了。"他说着把那张纸扔到餐桌上。

利西娅拿起来，抚平皱褶，"阿德里安娜死了，你的儿子在路上。"

"谁是阿德里安娜？"她低语，不敢听到自己的声音，"还有你的儿子，这里写着，你的儿子。肯定是弄错了。"

亨利在房间里踱来踱去，解开衬衫领口，似乎透不过气来。他的手指抓着头发，浓密的黑色毛发都竖了起来。她知道他正在疯狂地寻找借口，好缓和这突如其来的打击。她等着他开口，对他的行为进行粉饰，弱化他的责任，摆脱对他的责备，让她同情他，从而原谅他。但是她的心已变成了一块石头。她能感觉到。感觉到那来自胸腔的变化。她感觉到它如何在一瞬间从一团跳动的血肉变成了一块坚硬的花岗岩。她还知道，如果面前有面镜子，她还会看到一个变化，一个显著的变化，她的脸变成了一副面具，一副狂欢节面具，所有的情绪都被抹去，所有的感受将被永远隐藏。

"我是在亚历山大港遇见她的，当时我们在战俘营。我们都很孤独。我们需要彼此。那里不一样，没有人可以交谈，也没有人能理解你的感受。她生下一个男孩。告诉我，说是我的。"

"是吗？"她问他。

他点点头，什么也没说。

"会不会是别人的？"她问他，语气变重了。

"该死的！不，不可能。这个男孩是我的。"

"所以你要把他带进这所房子？"

"你要我怎么办？"他反问。

"还有孤儿院。那个给你发电报的人为什么不把他送去孤儿院？"

他突然猛地伸出手，她往后一缩，怕他会打她，但亨利却抓起她放在桌上的水晶花瓶，一把摔在地上，甩上门，走了。

*

两天后他回来了，胡子拉碴，一身酒臭。她问他去哪儿了，他没搭理。

"拿去，"说着他从口袋里掏出一大把肮脏的英镑，扔向她，"我告诉过你，我的好运会来的。"

当他掏口袋时，他看见弗朗西丝正看着他。

"拿去，给你自己买件新衣服。你这身打扮还不如个孤儿呢。"他说着，把最后的那点钱扔在她脚边。

"别捡。"当弗朗西丝弯下腰去捡时，利西娅命令道，"去看看孩子们在做什么。"

但亨利猛地伸出胳膊，挡住了她的去路。

"说到孤儿，"他对那姑娘说，他的脸凑得那么近，呼出的臭气使她喘不过气来，"有件事我要告诉你，你妈妈和我要收养一个战争孤儿。又多了一个要你照顾的孩子。女孩，你会很忙，没有时间考虑任何事情，甚至婚姻。你知道？你会成为一个老处女。我都看得到。弗朗西丝，一个老处女，一个照看孩子的人，她通往天堂的道路上铺满了孩子们的祝福。临终前，对着神父耳语你的心愿时，他会这样告诉你。我娶你妈妈之前，我告诉他你妈妈已经有你这个孩子了，你知道他跟我说了什么吗？他说：'亨利，收养孤儿是件高尚的事。'现在我将加倍地高尚！我有你，很快还有另一个孤儿也将坐在我们的餐桌旁，上帝将满足我们所有的心愿。你看！祂已经开始这样做了。"他边说边把钱挥下桌子。

"你喝醉了。你根本不知道自己在说什么。"利西娅对他说。

"哦，不，我的美人儿，我很清楚我在说什么。我是说你要告诉你亲爱的妈妈、你的朋友还有邻居，亨利出于善心收养了一个在战争中失去了父母的孩子。恩里科。你能记住这个名字吗？你记名字的本事真不怎么样！我们第二次见面时你都还没记住我的名字！还记得吗？我只好把它写在纸上。'亨利，'我说，'我叫亨利。'你问：'是有位圣徒叫亨利吗？'你知道我当时是怎么想的吗？傻女人，就算没有圣徒亨利又有什么关系呢？现在这个孤儿名叫恩—里—科。你觉得你能比你妈妈更好地记住这个名字吗？"他边说边用手指戳了戳弗朗西丝的胸口。

弗朗西丝厌恶地躲开了。她从没见过他醉酒。事实上，在此之前，她从未近距离地接触过任何醉汉。她亲眼见过的醉鬼是在村里节庆期间或者狂欢节时那些快乐的醉鬼。但是眼前这种醉鬼让她恐惧。这是一个危险的醉汉，一个恶毒的醉汉，当她爬上楼梯去照看那两个孩子时，她全心全意希望他死掉。

弗朗西丝走进房间，托马斯和丽贝卡正躲在盥洗架后面。一见到她，他们就抬起头来，她走过去，在他们身边跪下。

"爸爸为什么这么生气？"托马斯问她。

"我不知道。我听不懂他在说什么。他提到有个孤儿要来这里住。"

"什么是孤儿？"丽贝卡问道。

"就是没有父母的人。"她答道。

"他为什么要来这里？"丽贝卡想知道。

"我不知道。我希望我知道。但有件事我很清楚，等我长大了，我不会住在这房子里。"

"你要去哪儿？"丽贝卡害怕地问。

"一个很远的地方，没有人能把我带回来的地方。"

*

这将成为弗朗西丝记忆中不可磨灭的一幕。小小的房间里，三张床占据了大部分空间，墙上挂着一幅画，一位温柔的天使领着两个孩子过桥，盥洗架上放着陶瓷做的面盆、水罐和肥皂碟，房间的一角放着他们夜晚使用的尿壶，她自己和两个孩子挤在角落里。托马斯坐在她的膝上，他柔软的身体紧贴着她，丽贝卡抱着她妈妈从纽约给弗朗西丝带回来的洋娃娃，她坐开一些，她的身体和他们没有接触。弗朗西丝看见她母亲打开门，母亲那扎起的头发从发夹里钻了出来，母亲让她把孩子们带去外婆那里，她看见自己站起身，狠狠地瞪着母亲，她知道这会激怒她。

"我恨你们两个。我希望上帝让你俩都去死。"弗朗西丝尖叫着。

她们眼对眼，瞪着彼此，女儿现在已经和母亲一般高了。一阵可怕的沉默之后，她母亲抬手给了她一记耳光。弗朗西丝毫不屈服，依旧瞪着她，克制着不去摸自己火辣辣的脸颊，她的不驯让她母亲一次又一次抬起了手，扇她，捶她，逮到哪里打哪里，把她按在盥洗架旁的墙上，用牙齿咬她的肩膀。托马斯开始尖叫，丽贝卡把娃娃紧紧抱在胸前，眼睛睁得大大的，流露出一种掩藏不住的胜利神情。

亨利跌跌撞撞骂骂咧咧地来到门口。

"住手！"他喊道，把利西娅从她女儿身上拽开，紧紧地攥着她。

看到蜷缩在角落里的他的两个孩子，即使处于他现在这种状态，他也被他俩正亲眼目睹这个事实给吓到了。

"洗洗脸，去你外婆那儿。"他命令弗朗西丝。

她走了很长一段路，来到外婆家，这顿打让她浑身都火辣辣的，她的恨意是如此强烈，感觉就像堵在胃里的一个肿块。外婆还在面包房里，她只能坐在门口的台阶上等她。她用指尖轻轻碰触面颊，一阵刺痛，当她低头查看撞到盥洗架的小腿时，她看到内裤里渗出的红色。在恐慌袭来前的那一瞬，她产生了一种古怪的胜利的感觉，她想自己就要死了，而她的死将是一种最甜蜜的报复，这将击垮她的母亲和亨利。

*

"哦，摔下楼了呀。"[①] 当弗朗西丝近乎崩溃，告诉外婆自己将流血而死时，外婆若无其事地说。

"直到五十岁你都得忍受这个。又跟你妈顶嘴了？"看到女孩脸上的瘀伤，她问道，"你也是自找的。"

"你总是站在她那一边。"弗朗西丝抱怨道。

"她是你母亲。你必须尊重她。你不懂得尊重人，这是你的问题，自作自受。"

但当古迪塔裁剪白色亚麻，教这个小姑娘如何折叠并固定在内裤上时，心里其实是愤愤不平的，她的女儿竟把怨气都发泄在这么个孩子身上。

"我从没对她动过手，从来没有，尽管我并不乏这么做的理由。利西娅就不该再婚，现在这个男孩即将进入她的家，而她的心门却已经紧闭。真不知会发生什么！"她绝望地想。

---

① 马耳他语 Waqajt it-taraġ：摔下了楼，隐晦地指称女孩第一次月经来潮。

利西娅告诉她的母亲，亨利带回家的战争孤儿，是一个朋友的孩子，他曾许诺如果有什么不测他会照顾。从利西娅的语气古迪塔听得出来，她女儿相当不乐意让别人的孩子生活在她的屋顶下。

"好了，"她对走出卧室的弗朗西丝说，"去我的床上躺着。我给你调一杯洋甘菊白兰地，这会让你好起来的。"

*

那个孤儿来了以后，弗朗西丝就必须搬出儿童房，搬进阁楼，那里夏天闷热，冬天苦寒。但她完全不以为意，因为现在她终于有了自己的房间，晚上她躺在床上，想什么时候关灯都行。这四年留下的回忆很少。她只记得自己长得很快，男人们开始注意她。她还记得恩里科总是黏着她，无论她去哪里他都会跟着，就像小狗跟着主人。她在外婆的店里干活，有时站在柜台前接待顾客，有时在后面的操作间忙碌。她很喜欢在那里工作，做蛋糕和饼干仿佛就是她的本能。天生如此。她的外婆常说，她做的海绵蛋糕和她外公生前做的一样轻盈。

"你继承了他做蛋糕的天分，"外婆常对她说，"他不需要称量原料，也不需要记录食谱。一切都在他的脑子里。他是个甜品师，你像他。"

弗朗西丝做的蛋糕不只受到了外婆的称赞，也备受顾客们的推崇，因为他们注意到她做的糕点有与众不同的地方。

"她是个完美主义者。"古迪塔自豪地说。

*

这种完美主义第一次被注意到，是在她五岁那年，幼儿园的老师把她和她的练习本送到了校长那里。弗朗西丝以为自己将受到惩罚，拖着沉重的步子走进办公室，怯生生地站在门后，把书紧紧地抱在胸前。

"这么说，这是你的作业，"高个子女人亲切地说，"你是个非常聪明的女孩。"

校长弯下腰，打开她书桌的抽屉，给了她一幅圣像，她把它带回家给母亲看。她一直珍藏着这幅圣像，直到她上完二年级母亲把她带出学校。那天，她从抽屉里取出那幅圣像，把它撕得粉碎，老师的话在她耳边回响。

"太可惜了！她是年级里最聪明的女孩。至少让她再读两年。时间一下子就过去了。"

这两个女人了解儿童，也懂得估量孩子的天资，她们的话让她心碎，但某种程度上也给了她自信。这是她第一次意识到，原来对儿童是有某种评价标准的，而她具备一些其他人没有的东西。她相信她的过人之处就是她能记住所见所闻。她觉得自己的大脑就像神父在教堂里诵念的那种厚厚的祈祷书，她相信那书包罗万象。她满脑子都是单词。她热爱所有单词，好的词和坏的词，在教堂听神父布道时，她并没有注意他话中的意思，只是在收集从他嘴里吐出的那些词汇，那些她在外婆店里从没听过的词汇，她细细琢磨这些词，然后把它们储存在她的大脑里。她能用自己的母语阅读，但是很慢，一个字一个字地念出那些单词，每个句子都要花很长时间，所以等她读到段落结尾时，她已经忘掉所读内容的要点。这缓慢的阅读速度令她很是沮丧，因为她渴望，十分迫切地渴望能一目十行地阅读，亨利偶尔会带书回家阅读，她希望自己也能像他那样，一页接着一页地翻书。

那是一个非常令人沮丧的下午。她在面包房里干了一上午的活，当时她正在外婆的厨房里读报，突然她把手中的报纸揉作一团，扔到了房间的另一边。

"这是怎么了？"外婆问她。

"你知道吗，托马斯的阅读速度已经比我快了，他还能读英语。我已经快十四岁了，而他才八岁！"

"所以你想回学校？"她的外婆问她。

"怎么可能呢？再说，我也太大了。"她答道。

*

弗朗西丝十四岁生日那天是个星期六。她很早就醒了，飞快地穿好衣服，下楼吃早饭。厨房很整洁，她妈妈喜欢这样，把所有东西都放在四壁的橱柜里。黑白相间的地砖闪闪发光，一面小窗户俯瞰着小院子，从那里射进来一束光，在对面的墙上闪烁。弗朗西丝站在厨房门口微笑着，当她踏进那束光时，她的心情也飞扬了起来，无数金色的尘埃在光柱中飞舞。她母亲穿着居家服，头发夹了起来，眼睛里还满是睡意，背对着她站在煤油炉旁，看着咖啡。

"有芝麻夸哈饼和酵母夸哈饼，如果你想要的话。"她母亲头也不回地说。

弗朗西丝从架子上取下罐子，放到桌上。

"亨利起来了吗？"她问。

"还没，他昨天很晚才回来。让他睡吧。"利西娅说，"我被你妹妹闹了大半夜。告诉你外婆，说我今天早上不去面包房了。"

弗朗西丝坐在桌旁，妈妈给她倒了一碗黑咖啡，把糖碗推到她面前。她拿起一块酵母夸哈饼，盯着碗沿，那本该是完美的圆形，她面前这个却不是，她想："这碗是次品。"

她真想大叫："今天是我的生日，你还记得吗？"但她没有，她把饼干扔进热咖啡里，看着它溶解。然后，她把碗举到嘴边，一口气喝下了这混合物。

星期六面包房很忙，因为他们只开到午饭时间。他们接到了两个洗礼订单，她得准备，客人十点要来取。此外他们还有一个一百人的婚礼订单。她要帮姑娘们打包，亨利十二点用货车送过去。

"我十四岁了。"她真想告诉全世界。

她感觉自己轻盈了起来，仿佛笼罩着光芒，整个人突然之间苏醒了，好像她也是早晨看到的飞舞着的金色尘埃中的一员，正飞向外面明媚的阳光。每次当她看到自己在玻璃器皿上的倒影时，她想她是美丽的，是值得被珍惜的。亨利说她只是个没受过教育的乡下女孩，说她会成为一辈子给别人看孩子的老处女，纯粹是拿来诋毁她的无稽之谈。

她站在工作台边，面前摆着订单，清点蛋糕和饼干，再把它们装进不同的袋子里，这并不足以吸引她全部的注意力，她的思绪不断地回到这天早上。

"妈妈忘记了吗？她怎么能忘记呢？"

虽然她认识的人当中没有谁特别看重自己的生日，但一直以来这一天都被她母亲视作一个特别的日子，往往会提醒她，她又大了一岁，因此应该更成熟，更负责。

"我逃过了一场说教。"她边想，边打包第一份订单，把它从清单上划掉。

直到下午一点钟，所有的订单都完成了，货架空了，员工们带着没卖完的糕点和工资回家了，弗朗西丝和古迪塔也都累坏了。

"哦，亲爱的①，我们坐下来吧。我再也不能像过去那样，一刻不停地工作了。"古迪塔说着，拖了张椅子到操作台旁。

"你是个好姑娘，工作也努力。"古迪塔对外孙女说。

弗朗西丝笑了。这就是为什么她那么爱她的外婆，只要她觉得她的外孙女值得称赞，她就从不吝啬夸奖。正是这让她保有了对自己的信心。让她多少感受到了自我的价值，这样她才能踏进那个让她感到无能为力的家，在那里没有人把她当成一个有着独立人格的人。

---

① 马耳他语 Qalbi：我的心，常用的爱称。

"今天是你生日，我有东西给你。"古迪塔微笑着告诉她。

她从口袋里掏出一个包裹，递给女孩。

"来，打开它。"她对她说。

小盒子里躺着一只纯金手镯，上面刻着她的名字"弗朗西丝·阿塔尔德"，还有她的出生日期。

"试一试。来，看看是否合适。"

"外婆，真漂亮。"弗朗西丝边说，边转动手腕，好让手镯映着阳光。

"别弄丢了。这很值钱的。记住，以后这是你的嫁妆，等你结婚的时候，你的夫家不会说古迪塔的外孙女两手空空地就来了。现在，我还有点别的东西给你。"

古迪塔站在椅子上，取下藏在橱柜后的一个盒子，交给她。

"来，打开来。"

盒子里放着两本练习本，一支钢笔，一瓶速干墨水，一块橡皮，一支黑铅笔，一支红蓝铅笔，还有两本三年级的课本，一本是马耳他语的，另一本是英语的。

弗朗西丝困惑地看着外婆。

"这是给我的吗？"

"是的，带去你老师那里。"

"我的老师？"弗朗西丝问道。

"是的。二年级时教你的阿贝拉小姐。她答应在她家给你上私人课，每个星期一和星期四从六点到八点。你说过你希望能快些阅读。她到店里来，我把你说的话告诉了她，你知道她说什么吗？'如果那个女孩来找我，我愿意分文不取地教她。自从她离开以后，我再没见过像她那样聪明的女孩。你知道么，看着她离开，我的心都碎了。'事情就是这样，现在我已经付了接下来六个月的学费，所以记得第一节课是下个星期一，不要错过。"

"妈妈知道吗？"弗朗西丝问。

"不，我想让你第一个知道。"

"可如果她不让我去呢？"

"哦，不，她会让你去的。你妈妈和你一样希望你能受到教育。"

弗朗西丝挑起眉毛，鼻子嘴巴挤到一处，一脸的不相信。

"别这副鬼样子。难怪你妈总被你气得发疯。你是不是忘了跟我说什么？"

"谢谢你，谢谢你，外婆。"

古迪塔伸出手，弗朗西丝亲吻了它。

"愿上帝保佑你。现在回家去吧，做个好孩子。"

*

弗朗西丝一路飞奔回家，几乎脚不沾地，挎在身上的布袋里装着些卖剩下的蛋糕，她的书，还有她的手镯。房子在午后的阳光下熠熠生辉，湛蓝的天空万里无云，正在对她微笑，她感到幸福，外婆赠予的书籍和教育，似乎把她从一个除了恐惧之外别无选择的未来中拯救了出来。

"阿贝拉小姐将会教我。阿贝拉小姐将会教我。"她的心在欢唱。"我将能够读书，真正的书，有很多页的书。我将用外婆付我的工钱去买书。我自己的书，谁也不能从我这里夺走。也许我甚至可以从学校图书馆借书。"

她甩着头发，欢笑着，感到美好、快乐、轻盈，如此轻盈，似乎只要稍一用力，就会像神父在教堂里说的那个圣人一样，飘起来。

"Intir[①]，"她想，"我要飞起来了！"

*

很快她就走到了长街的尽头，拐了个弯，他们家的房子就在眼前。一小群邻居正聚集在门口，有那么可怕的一分钟，她的心慌乱不已，这使她放慢了脚步。她走到人群旁边，他们默默地给她让出路来，仿佛在看着她走向断头台。她不明所以，向前看去，一辆卡车停在门口，两个男人正在往外抬家具。

她从墙和卡车间的夹缝中挤了进去，惊恐地向屋里跑去。

"出什么事了？"她轻声问母亲。

利西娅正在歇斯底里地大哭。两个孩子紧紧地抓着她的裙子，恩里科蜷缩在角落里。亨利踪迹全无。

"妈妈，他们为什么把我们的东西都搬走了？"她惶恐地问，"你没和我说过我们要搬家。"

---

① 马耳他语，飞。

弗朗西丝把布包紧紧抱在胸前，环顾空荡荡的大厅，母亲的啜泣声在裸露的四壁间回荡。

"他向我保证，向我发誓，说他再也不赌了，而我信了他。我信了他。"她的母亲哭着说，"丢人！丢人啊！这叫我以后还怎么见人？"她抽泣着。

*

他们在空落落的房子里过了一夜，周日一早古迪塔让她女儿收拾孩子们的衣服，搬去她家。

"妈妈，他带走了他的护照。"利西娅告诉妈妈。

"好，也许以后我们再也不用见到他了，"古迪塔对她说，"但我想知道我的货车去哪儿了。"

最终古迪塔得知，亨利把货车停在了瓦莱塔的下巴拉卡，他还带走了卖婚礼蛋糕所得的五十英镑。

"他们有七天的时间付款。他们真不该付给他的。"古迪塔埋怨道。

*

根据经验，古迪塔知道村里的闲言碎语将会多么热衷于谈论她女儿刚刚遭受的不幸，他们将如何聚集在彼此的家中或商店里，摇着头窃窃私语，猜测并歪曲事情的来龙去脉。她也知道，一个丑闻存活的时间，和下一个丑闻一样长。

"我知道这个星期会很难熬，但我希望你能来工作。"那个星期天下午，她对利西娅说，"弗朗西丝，你也得来。姬蒂会照顾孩子们的。"

"我没法走在大街上，大家都会盯着我看的。"

"你和我都很清楚，我们必须完成订单，没有你我做不到。再说，你也没做错什么。你是受害者，如果有人要说三道四，他们得来和我说，但他们不敢。"她说道。

利西娅永远都会记得那个星期一的早晨，她和她母亲还有她女儿，肩并肩走在长长的大街上。她能感觉到从紧闭的窗户后面射来的目光，她能听到有人正在低语她的名字。当三个女人路过酒吧时，那里已经有几个男人开始喝他们的红茶，母亲走在她身边，用眼神警告着任何潜在的冷嘲热讽。利西娅永远也不会忘记，母亲如何召集员工，也不会忘记她对他们讲的那番话。

"你们都已经知道周六下午发生的事了，我就不再重复你们所听到的内容了。你们是来工作的。如果你认为我们遇到了困难，你是对的，如果你认为我们遭受了损失，你也是对的，但是，我仍然还有工作，而你也仍然会在周末得到报酬。我的面包房里不欢迎搬弄是非，你在这里看到的、听到的，都将留在这里。"

*

在弗朗西丝的记忆中，亨利失踪后的第一周，是混乱且居无定所的一周，她只希望快点结束。她不想再听那些亨利背信弃义或嗜赌成性的事情。她也不想再听母亲絮絮叨叨地清点她失去的每一件家具。最重要的是，她不想再听母亲哀叹自己悲惨的命运。她十四岁，她朝气蓬勃，她的外婆爱她，亨利又不是她的父亲，而且已经走了。贾尼·塔尔-卡罗津周六晚上看见他登上了前往锡拉库萨的渡轮。周二贾尼去古迪塔店里时，告诉了她这个消息，她绕过柜台，在他脸颊上吻了一下，坚持没让他为他买的糕点付钱。

"你让我满心欢喜。"她对他说。他把这话转述给了妻子，晚上在酒吧又告诉了他的好友。

＊

尽管外婆的房子里一片混乱，弗朗西丝可不打算错过阿贝拉小姐第一次的单独授课。六点钟，她准时敲响了那女人的门，布包里装着外婆送给她的盒子。接下来的三年，这间局促而杂乱的前屋就成了她的教室。在这里，弗朗西丝不仅学会了用母语流利地阅读，她还学会了拼写古怪发音更古怪的英语。她学会了用她储存在脑子里的大量词汇书写句子。终于，她能够写出一整个段落，然后是一整篇文章，不仅思路清晰，而且辞藻优美。她还记住了整篇整篇的诗章，当她在店里擦拭玻璃货架时，这些诗歌就在她的脑海中回响，还启发她把意大利杏仁饼或马耳他乡村饼干对称摆放，组成色彩和形状的交响曲。她第一次将目光投向世界地图册，惊叹于国家和大陆的形状，并找到了代表她所在海岛的那个小小斑点。老师还向她展示了自己收集的邮票，它们主要来自一个名叫澳大利亚的国家，阿贝拉的四个兄弟都移民去了那里，邮票上印着最奇异的鸟类和动物，她知道了生活在那个国家的奇特生物的名字。

"你为什么没去那里？"一个星期四的晚上，弗朗西丝问她。

"如果我还年轻，我会的。"她苦笑着对弗朗西丝说。

上私人课的第三年也是最后一年的夏天，老师借了两本书供她阅读，这是她取得的最大成就。

"这个暑假我要去戈佐岛两周，看望我姑姑。我希望你开始读这些书，等我回来你要告诉我你读到的内容。"

弗朗西丝把那两本书紧紧抱在胸前，回家的路上她下了决心，不仅要开始读，而且还要读完——马耳他语版的《银十字架》① 和英语版《小妇人》的节略版。

"这本书比较难读。"阿贝拉小姐拿起英语书对她说，"我希望你读得慢一点，在看不懂的单词下面画线，当然啦，是用铅笔。"她笑着对她说。

读第一本书就让弗朗西丝十分忘我，她爱上了年轻的英雄克山德鲁，为他的死痛哭，读完最后一个字，她感到十分失落。她希望那些角色能继续活下去，继续和她说话，在位于外婆厨房上方的她的小房间里，只对她一个人说话。然后她打开了《小妇

---

① 《银十字架》(*Is-Salib tal-Fidda*)，维斯廷·博尔格（Wistin Borg）所著的马耳他经典。

人》，第一句话就在她的脑海里掀起了风暴。

"如果没有礼物，圣诞节就无法称其为圣诞节。"她读道。

"但是圣诞节就是没有礼物的啊。难道人们在圣诞节还互赠礼物吗？因为调皮，我曾经得到过一盒用过的火柴，然后就是外婆给我们的没卖完的心形饼干。但它们并不是礼物。"

她真想就这样读下去，一直读到深夜，但母亲走进她的房间，熄了灯，说她会把眼睛弄坏。

等到事情尘埃落定，亨利依旧没有出现，利西娅终于恢复了平静。她不再夜不能寐，担心他在哪里，做着什么。现在她把所有精力都放在了面包房，试图把失去的那些都挣回来，首先就是她的自尊。亨利消失后的第三个圣诞节，他们接到了很多蜂蜜圈的订单，古迪塔又多雇了三个女孩来面包房工作。那一年的将临节，香料和蜂蜜的香味从面包房一直飘到广场的酒吧，引得男人们也都穿过马路，来买这些热腾腾的新鲜出炉的夸哈蜂蜜圈。

就在这个时候，利西娅迷上了宗教。虽然以前她也难得缺席周日的弥撒，但她做弥撒并不是出于某种深厚的宗教热情，而只是完成他人的期待，此外，犯下道德重罪也不能算一种选择。对利西娅而言，在周日弥撒的时间里，没有人需要她照顾，这是她自己的时间，她可以规划未来的一周，回顾过去的一周，弥撒结束时，她就能清楚地知道自己的处境。但是这个礼拜日，利西娅却没有这样做，因为她找到了上帝。她不是在爱中找到了上帝，而是在恐惧中找到了祂，一种能让她思想瘫痪的可怕的恐惧。一位来访神父唤醒了她，迫使她站在可怕的深渊旁凝望地狱，就这样她发现了上帝。

"你们要当心，实话告诉你们，那个时刻就要到来了。"神父说。他的声音洪亮有力，响彻教堂，"最终审判的时刻就要来了。到那时，你要确保，你是无可指摘的。"他的手指直指利西娅，一双黑眼睛直直地盯着她。利西娅浑身一颤，她被撼动了，眼中的迷障一扫而空。

"我实实在在地告诉你们，我们生活在一个堕落的时代。在这个时代，我们的孩子被他们所听的音乐、所看的电影、所读的书给毁了。撒旦正幸灾乐祸地搓着手，那儿，还有那儿，还有那儿，一个又一个都被他那可怕的网给缠住了。"神父大声疾呼，手指随机地指向在场的会众，一语未了，手掌重重地拍在讲坛上。

利西娅听得如痴如醉，他讲的都是他身边人的故事，男人与女人在欲望、酒精、骄傲和贪婪中迷失了方向，因为神的惩罚，那些健康的人，健壮的人，正值全盛之年，却突然倒下，再也没有机会悔改。

"因为死亡就像夜间来访的小偷，没有任何预警，你必须确保自己做好了准备。"他最后说道，怒视着那些仰望着他的、惊恐万状的男男女女。

*

弗朗西丝对这位重生母亲的厌恶甚至超过了她小时候。事实上，她宁愿有个被惹恼了就会揍她一顿的母亲，也不要这个一脸严肃，神神叨叨，监管她一举一动的女人。

"如果不事先汇报，我连个屁都不能放。"弗朗西丝对她外婆抱怨道。

她们坐在院子里剥一袋豌豆，这是姬蒂的丈夫尼古拉斯从他们那一小块田里种出来的。其他三个孩子在院子外的花园里追逐，尖叫，嬉戏。

"别那么粗鲁！你妈想给你最好的。她关心你。你知道她工作有多努力。她从来也没让你饿着肚子去睡觉，不是吗？"

"那是没有，但是也不知道多少次了，我睡觉时浑身都疼，都拜她所赐。"弗朗西丝说。

"她是想管教你。我不赞同她这种做法，但她也是气坏了。"古迪塔说。

"是的，然后她就把气都撒在我身上。"她冲着另外三个孩子的方向点了点头说，"她从不打他们。他们想干吗就干吗。她从不碰他们。就连她最讨厌的恩里科，她也从没打过。"

"你怎么会这么说？"古迪塔问。

"外婆，你知道的，妈妈无法忍受他。你没看到吗，她和他说话时都不看他。好像他的脸就能让她很痛苦。"

"你在说什么呀？"古迪塔问。

"我算是想明白了，恩里科就像我在书里读到的那种鸟。在这个世界的某个地方，有种鸟，叫布谷鸟，它们把自己的蛋放在其他鸟的鸟巢里，让别的鸟抚养自己的孩子。可怜的恩里科，我为他难过。亨利不该把他带到这里，然后又离开他。外婆，如果没有你和姬蒂，这世上就没有人爱他了。"

"你不爱他吗？我知道你常常给他念书，帮他辅导功课。"

"我只是同情他，仅此而已。他就像我，如果不是你，我也没人爱。"

"弗朗西丝，你妈妈爱你。你不知道你有她是多么幸运。"

"哦，是啦是啦，我不知道我是多么幸运，有这样一个妈妈，不让我看电影，不让我听我喜欢的音乐，总管着我读什么书，虽然她自己都读不了。是的，我真幸运，有个想知道我一举一动的妈妈。跟你说吧，外婆，我迫不及待地想要离开这个地方。"

"你想去哪里？"

"很远的地方，"她梦呓般地说，"离这里很远的地方。"

"可是没有了我的小姑娘，我该怎么办？你就待在这里，你属于这里。很快你就会结婚，生孩子。我在伊姆希拉有所房子空着，你就住在那里，一到星期天你和你的丈夫就来看我，我准备好你最爱吃的意大利糕点。"古迪塔对她说，"这些胡言乱语我可不想听。离开这里！你觉得你还能找到比这里更好的地方？"她站起身，把围裙抖抖干净。

*

古迪塔拿起那锅豌豆走进厨房，弗朗西丝闭上眼睛，想着外婆的这番话。她觉得自己就像一个演员，有人给了她一个剧本，她必须出演的人生剧本。容不得丝毫偏差。剧中的她将嫁给一个她尚未谋面的年轻人，她会住在那间保留着很多痛苦回忆的小黑屋里，她将生下一群她根本就不想生的孩子，那些孩子将吸干她，从那以后她再也不会有属于自己的生活。她的每一天都业已注定。她看到自己每天走在相同的街道上，去她的母亲一直去的相同的商店里买东西，和那些她一出生就认识的人聊天。没有什么新的疆域可供探索，没有什么新的景象可供欣赏，没有新朋友可以结交，没有新工作可以尝试。

"但我不想这样，"她的心在呐喊，"我要自由。我想飞翔。哦，我宁愿去死，也不愿像我外婆和母亲那样走过一生。一辈子往返于家和面包房。她们见过什么？她们做过什么？那样的我是不是会变成母亲的翻版？痛苦而愤怒？当我陷入愤懑时，是不是也抬手挥向我的孩子们，让他们恨我？或者变成像她那样的上帝的警察，分分钟监控孩子们的一举一动？哦，我宁愿去死！"

她四下环顾，外婆的花园被高高的石墙围着，屋子后墙的窗户焊着铁条，她绝望地想："如果留在这里，毫无疑问我将窒息而亡。"

*

只有她自己知道，她是凭借了怎样的诡计和坚韧，才赢得了这份自由。没有人可以轻而易举地得到自由，越是诱人的东西越是来之不易。多年以后，当她回想起出走前的那几个月，她知道，运气和机缘站在了她的这一边。那时，成千上万的人如过江之鲫纷纷离开海岛。满载着年轻家庭和单身男子的船从海港出发，驶向大海，在汪洋中经过数周漂泊，他们将到达他们的应许之地——美国、加拿大或澳大利亚。现在信件取代了长谈，空洞的词语写在薄薄的航空信纸上。信中谈及工作，工资，遥远的距离，寻找住房，给孩子找学校，还有周边步行距离内的教堂。赞叹当地的富足。各式各样的食物，只要你想象得到的都有，肉铺柜台上一块块厚厚的肉，浮着一英寸奶油的牛奶，还有像夏日里的云朵般洁白、柔软、轻盈的面包。他们问候邻居和朋友，但从不谈及思乡或孤独带给他们的心痛。他们形容那宽阔的大街，四辆车并排行驶还绰绰有余，却没有提及其实心心念念的还是自己长大的那条狭窄曲折的小巷。这些信件被一遍遍地阅读，直到烂熟于胸，这样即便当信纸因为反复折叠而支离破碎时，做母亲的依然能够将女儿或儿子书写的内容逐字逐句背诵出来，那些字句已经铭刻在妈妈的心里。哦，找个代为读信的人是多么困难！找人的过程本就叫人焦虑，好不容易找到了，请求别人帮忙时，又是满心的忐忑。

*

"我昨天收到一封信，你能来我家帮我读一下吗？"一天早上，弗朗西丝在面包房工作时，有人问她。

尼娜·韦拉，娇小而害羞，一直等到弗朗西丝接待完所有顾客，才走向她。

"当然！等店关了门，我回家的路上顺道来看你。"弗朗西丝回答。

她走进尼娜家昏暗的厨房，坐在桌旁，面朝着通往屋后小院的后门，门后的架子上放着蓝色的煤油炉，橱柜上拉起的花布帘掩盖了背后的杂乱，架子上野鸡馅料旁放着圣母玛利亚的雕像，还有一堆照片，照片上姿态各异的年轻人站在陌生的国度。

"上个星期我收到了弗兰克的一封信。"尼娜说着把一封尚未拆封的航空信放在了桌上，"自从我的杰玛去了澳大利亚，就没有人帮我读信了。"

弗朗西丝拆开信，展平信纸，开始读信。尼娜闭着眼睛坐在对面，聆听着每一个字。

"要我再读一遍吗？"

这次弗朗西丝放慢了语速，带着感情读出这些文字。

"如果你这周有时间，可以顺道过来，帮我写封回信吗？航空信纸我已经买好了。"尼娜问。

"我现在就可以写。"弗朗西丝答道。

拿起一支笔，她开始记录尼娜口述的内容。

*

事情就是这样开始的。最终尼娜收到的所有来信都由弗朗西丝代为阅读。她女儿的来信总是写得密密麻麻，那些字仿佛在纸上上气不接下气地翻滚，写满了她正在做的事情，她在一间大医院里工作，她的丈夫在一家汽车厂工作，他们计划买车，盖房，去昆士兰看望兄弟。尼娜的三个儿媳用大大的字填满了航空信纸，对于她们自己或者她们的丈夫谈得很少。弗兰克的来信与众不同。看得出来他压根就不想写，好像一拿起笔就很闹心似的。他的信很短，也很少谈及自己。他有工作，赚了不少钱，身体也很好，认识了几个邻居，常和他们一起出去玩。弗朗西丝代他母亲写给他的信满是训诫。他的母亲总是提醒他不要忘记这个或那个圣徒节，告诉他不要错过星期天的弥撒，不要和名声不好的人混在一起。当他寄钱给她时，她向他表示感谢，告诉他在付清了这样那样的账单后，她将去做一些弥撒，剩下的钱她将存入银行。她谈到他的旧相识，告诉他他们的近况。渐渐地，当尼娜没有什么可说的时候，弗朗西丝就会加上一两段她自己的话，因为她觉得把一张写了一半的纸寄去这么遥远的地方是很可惜的。就这样，有一天，身陷痛苦的她加上了一段话，说她是那个甜品店的女儿，她多么想离开这个小岛。

*

这封信寄出后不到一年，她十九岁零两个月，发现自己已经置身于一个完全不同的世界，一个忙碌的世界，一个灯火通明、乐声震天、汽车飞驰的世界。一个无神的世界。这就是那个让她的母亲心惊肉跳且深恶痛绝的世界，这个世界里的女人们浓妆艳抹，男人们脖子上挂着金项链、手指上戴着沉甸甸的戒指。一个醉鬼和懒汉的世界，在这里每一个形容词都是对上帝的亵渎，一卷卷厚厚的肮脏的钞票几经易手，作为服务的交换，报纸上充斥着谋杀、强奸和抢劫的报道。一个蛾摩拉罪恶之都，她的母亲会这样说。弗兰克正是这个世界的一部分。她进入了他的世界。他写信告诉她，说他经营着一家旅馆，而她作为一位甜品师，可以在旅馆里工作。她想象中的酒店，小桌子上铺着白色亚麻桌布，天花板上挂着枝形吊灯，客人们主要是度蜜月的夫妇和来此享受假期的家庭。她想象中的自己，身穿白衬衫、黑裙子，面带微笑迎接来宾，这微笑她曾偶尔在旅馆里见过，那时她是去送特别定制的蛋糕和点心的。但这是另一种旅馆，位于悉尼后街一家肮脏的小酒馆。一楼的四个房间按小时计费，楼下的酒吧里混合着馊啤酒、香烟和锯末的气味，男人们站着喝酒，在灯光昏暗的后屋，他们聚在里面，边打台球边喝酒，消磨时间。

*

她的母亲曾以一种隐晦的方式暗示过她，和丈夫同房的第一夜可能会发生些什么，但结果什么也没有发生。

"这是我们必须经历的。这很恶心，但男人就是这么回事。他们都喜欢捅来捅去的。"她还用了"抠"[①]这个词，这让弗朗西丝一头雾水，依旧一无所知。

---

① 原文为马耳他语。——译者注

弗兰克把她带去三楼的一间卧室，一个大房间，里面有一张旧床和一个衣橱，衣橱的门必须用椅子顶住才能关起来。

"这是钥匙。晚上把门锁上。这附近不少疯子。"

第一天晚上，她提心吊胆地等着弗兰克，不知他会做些什么。她的心里塞满了她抛下的故土，脑子里却挤满了刚刚见到的新景象。等他的时候，她的思绪又回到刚刚下船的那一刻，悉尼的海港，码头上人头攒动，海水在午后的阳光下波光粼粼，她提着行李箱，走下长长的舷梯，她的眼睛在人群中搜寻那个她嫁的男人。当她凭借他寄给她的照片认出他时，她的心彻底沉了下去，失望至极。

"俗！他看上去实在是俗不可耐！"看见他的那一刻，她惊慌地想道。

两条细细的小胡子，长长的鬓角，微笑时一颗金色的槽牙在阳光下闪闪发光，格子衬衫一直敞到腰间，颈上的金项链还坠了块奖章，看上去像个舞男。他倒是挺热心，接过她的行李箱，并告诉她，等明天海关放行后，他就会去取其余箱子。他把她带去他的车那里，一辆硕大的红白相间的霍尔顿，他驾车带着她驶向他的旅馆，一路上收音机传来嘈杂的声音。

"我都干了什么？我都干了什么？"她缩进座椅里不停地想，尽管窗户开着，他须后水的气味依旧很是浓烈。

当汽车呼啸着驶离港口，沿着悉尼的街道行驶时，母亲的脸和母亲的话闯进了她的脑海。

"你最好小心点，听到没？总有一天你会后悔的。"

她坐在椅边，看着风景变换，宽阔的街道变得越来越狭窄，越来越不堪，房子越发的灰头土脸，人们也越发的衣冠不整，她为自己所犯的可怕的错误感到头痛和心痛。

"远吗？"她战战兢兢地问。

"不远，再开十分钟就到了。"

弗兰克把车停在旅馆后面一条肮脏的小巷里，垃圾桶靠在栅栏上一字排开。他提着她的两个行李箱，领着她迈过几级木台阶，穿过长长的走廊，爬上两层楼。她原本还指望会有某种欢迎仪式，一顿美餐，或者一块蛋糕，哪怕只是些饼干呢，可结果什么也没有。他把她带到一个房间，打开门。"你的房间，"他对她说，"要不你先休息一下，我等一下再过来，给你带点吃的。"

她饿坏了，那天早饭以后，她就什么都没吃。她慢慢地打开行李，那些熟悉的东西到了这里却显得格格不入。收拾完东西，她躺在床上，打量着这间阴森的房间，褐色的壁纸，停着苍蝇的吸顶灯，还有从窗帘盒里垂下来的积满了灰尘的窗帘。一种强烈的凄凉感、孤寂感吞噬了她。她感觉自己好像病了，不是感冒或者流感那样的疾病，而是一种慢性病，没有名字也绝无治愈的方法。

弗兰克敲了敲门，她吓得跳了起来，生怕他撞见自己的丑态，让她难堪。

"我只弄到了这些。"他笑着对她说。

他递给她一个打开的金枪鱼罐头和四片面包。

"我穿过半个地球，就是为了这个？"她想，"这就是我在信中读到的富足吗？"

"星期六，你知道的。商店午餐时间就关门了。星期一早上我会带你去商店，你可以做任何你喜欢的菜。"

她坐在床边吃着，等她吃完，他带她参观了所谓的旅馆——一楼的几间卧室，房间很小，凌乱地摆着些旧家具，百叶窗关着，窗帘已经褪色。

"没有人能在这里偷走任何东西，因为所有东西都钉在了地上。"他骄傲地告诉她。

她母亲是对的。她的骄傲和固执，终于把自己弄到了这副田地。现在她已无法脱身。她现在怎么能回家呢？难道写信回家说，"求你了，求你了，请寄给我回程的旅费""我错了。大错，特错！我想回家。让我做什么都行。跪着爬过教堂中央的过道，终此一生都只穿黑色的衣服，因为我不想待在这里。我不能待在这里"？她试图回想母亲的面容，却只能听到她的声音："我就说过吧。我说结婚、出走只会给你带来痛苦。我是对的。瞧，我是对的。"为了平息母亲那尖刻的声音，她停止了追忆，让思想只专注于现在，为自己所处的肮脏的环境镶上金框，宽恕身边人们的所作所为。她的自我欺骗是如此成功，以至于只消一周她就可以写出第一封家书了，一封长长的欣欣然的信，告诉她母亲，悉尼是多么的美妙，弗兰克竟是个很好的丈夫，在他的美丽的酒店里工作几乎是种享受。刚开始，她的信写得很勤，倒也不是想要汇报自己的一举一动，只是想要保持这份联系，尽管这正是她出走前想要断绝的联系。随着时间的流逝，她的信就没有那么频繁了，直到她不得不突然离开悉尼，她的家书戛然而止。

　　突然中断的书信联络让她的外婆和母亲伤透了心，无论她们向谁打听，多少次地问，总无法得到满意的答案。似乎弗朗西丝的失踪在比尔特-塔夫将永远是个谜。直到许多年以后，才有一个人，也就只有他一个人，得知了她的遭遇。这个人就是恩里科·萨马特，他在暮年遇见了弗朗西丝的外孙女达芙妮·科斯塔，她到拉纳卡参加一个法律论坛，随后有生以来第一次来到马耳他，这年她二十九岁。

第二部

二

今天是达芙妮·科斯塔二十九岁生日，凑巧还是个星期天。今天不用赶着上法庭。她本可以睡个懒觉，然后独享一整个下午，直到晚上去外婆家吃晚饭。事实是，她六点钟不到就醒了，跑步去游泳池，游了五十圈，然后在公寓街对面的小咖啡馆里吃早餐。她感觉自己活力四射、灵敏锐利。

"不知道今年会收获什么，"她边搅咖啡边想，"爱情？也许。晋升？有可能。旅行，那是一定的。"

她喜欢旅行，见识不一样的地方，认识不一样的人。大都会的画廊和建筑让她着迷。她爱纽约，去过三次，还有伦敦，尽管每次去那儿的时候，天气总是又寒冷又阴郁。东京，那可是她的最爱，熙熙攘攘的街道，商店林立，还有美食。哦，是的，她喜欢日本料理，总是吃不够。今年她可能会去一个欧洲城市。也许是巴黎，或者马德里，甚至罗马。她喜欢做调查研究，花几个小时在网上寻找，在她那为期不长的假期里最值得游览的地方。没头苍蝇似的从一个城市赶往下一个城市，这可不是她的风格。她喜欢在一个城市度过整个假期。结识街角小店的店主，和一两个当地人成为朋友。这一次，她想更进一步，也许甚至学习当地的语言。

她的电话响了。是她的外婆。

"生日快乐，亲爱的，"外婆对她说，"别忘了晚上来我家。"

"谢谢！当然不会忘，怎么可能忘呢？"她对外婆说。

达芙妮露出了微笑。外婆的电话总是第一个到，甚至比她父母还早。外婆曾多次说起，在她的成长过程中，生日是何其的无关紧要，而她却渴望家人能重视这个特殊的日子。

"我的母亲通常会训诫我，说长大了一岁，就应该更负责任。但是，在我十四岁那年，我的外婆给了我一件我收到过的最好的礼物，"她曾告诉达芙妮，"她给了我受教育的机会，那正是我一生都渴望的。我没有一天不想念她。她做的蛋糕和饼干是全马耳他最好的。你知道吗，我们甚至还为州长的宴会做过餐点。接到大订单时，我们得通宵达旦地烘焙，有时还得雇额外的帮手。你真该闻闻那面包房的味道！世上再没有像那样的味道了。"

"世上再没有比你烘焙时的厨房更香的地方了。没人会像你那样烤蛋糕。"达芙妮对她说。

"我的外婆就会。"她说。

弗朗西丝·阿塔尔德在墨尔本创建了一家餐饮公司，雇用了三十多人。现在她的女儿克莱尔经营着。弗朗西丝七十岁那年退休了，但她时不时仍然会去工作。她爱这个她一手打造的地方，但她总是很注意不去干涉克莱尔的决定。

"她的能力绰绰有余。"她一向这样认为。

毕竟，她的女儿是跟着这家公司一起成长起来的，而且女儿还有管理学学位。弗朗西丝一直以来最大的心愿就是和她的女儿保持良好的关系。第一次把女儿抱在怀里的那天，她对这个小生灵的爱就如潮水般涌上了心头，这世上绝没有谁可以把她从自己身边带走。她向女儿保证，她将竭尽全力，让她和她女儿之间的这份母女关系，远胜她和她母亲之间的关系。

"我这一生，我的母亲都让我失望。如果我父亲活着，也许事情会不一样。那样就会有人来鼓励我。我会尽我最大的努力不让你失望。"在医院的病床上她对这个孩子承诺。

*

当她在厨房里转悠时，弗朗西丝想起了她的外孙女，做梦也没想到她能看到外孙女长这么大。像往年一样，今天她会做一顿特别的生日晚餐。女儿克莱尔、女婿德斯会来，达芙妮会带着她的朋友艾丽西亚一起来。达芙妮和艾丽西亚在法学院时就认识了，两人都热爱法律，弗朗西丝可以一连几个小时听着她们谈论争辩一些法律问题。有时她也会忧心外孙女连个男朋友也没有，而和她同龄的朋友们都已经结婚生子了。如果她能活着见到她的曾孙辈，岂不是很棒？当她在悉尼第一次见到弗兰克，了解他的取向后，她从没想过自己还会有孩子，更别提孙子了。

*

那时候，弗朗西丝很快就发现了悉尼的真面目！和她原来的世界截然不同。这里没有教堂的钟声，没有神父，也没有没完没了的关于地狱、天堂、诅咒的说教。完全没有。她到达后的第一天，还真是好戏连台！嘴里带着金枪鱼的余味，弗兰克领她在三楼转了转。嘱咐她锁好门呆在屋里，然后就走了。她沿着过道走向卫生间。对于二楼的房间她十分好奇，于是蹑手蹑脚地溜下楼梯，打量着过道里丑陋的墙纸，和天黑后开启的昏暗的路灯。弗兰克的话犹在耳边——不要四处打探，多管闲事——她小心翼翼地走在铺着地毯的长廊上。

她到现在都还记得那让她震惊的一幕：一个女人蜷缩在楼梯墙和梳妆台之间的角落里呻吟，两腿之间是她血淋淋的手。她飞快地跑到楼上自己的卧室，拿了一条毛巾给那个女人，让她放在两腿之间，然后三步并作两步跌跌撞撞地奔向女士休息室。

"医生！有人可以打电话叫医生吗？"她大声喊道。

六个女人围坐在桌旁，面前放着饮料，她们抬起头盯着她。

"楼上有个女人在流血。"她颤抖着说。

"她是护士。"一个女人指着独坐一旁的女人说，"嗨，贝琪！挪一挪你的屁股，去瞧瞧出什么事了。"

贝琪悠悠然喝完饮料，拿起包，走向楼梯。

"请快点，她流了好多血，快死了。"弗朗西丝哀求她。

"亲爱的，如果她快死了，那需要的就不是我，而是收尸的。"

"打电话叫救护车，要快。"贝琪查看过女孩的情况后对她说。

就在那个时刻，当她看着贝琪照顾那个女孩时，弗朗西丝意识到在这个新世界里，有一种同情和善良，是她在从前的世界，即便在她自己的家里也未曾见过的。这个女人，这个贝琪，一个涂了口红，烫了头发的陌生人，正细心而温柔地看护着这个姑娘。

"做出这种事的屠夫就应该被绞死。"她把女孩扶到一张床上，用干净的毛巾换下沾满鲜血的毛巾，口中低声咒骂着。

"你们倒是不急啊，是不是？"当救护人员赶到时，她厉声道，"我这辈子绝不能指望你们这些家伙。"

"别去医院。请别去医院。"女孩紧握着贝琪的手说。

"我和你一起去，亲爱的。我一定会让他们好好地对待你。"贝琪对她说。

*

为什么偏偏要在今天回忆起这一切呢？过去那么久了，感觉像是上辈子发生的。还是想些要紧的事吧，得赶紧动手了，还有好些事没做呢。先摆桌子，这是她喜欢做的事，而且这样就不用在最后一刻手忙脚乱的了。她要用最好的亚麻布——又挺又白，还装在从洗衣店拿回来的塑料袋里——这是她做生意以来一直去的一家洗衣店。她认识那家店主人，和她一样也是移民。经过这么些年，他们已经成了很亲密的朋友，一起庆祝圣诞节、复活节、生日。她知道他们的故事。哦，她太了解他们的过往了，他们如何冒着生命危险逃离匈牙利，在有武装警卫巡逻的边境线上，趁着夜色走了好几公里，不知哪一刻就会丢了性命。但是他们知道她的故事吗？

"不，"她边想，边撕开塑料袋，拿出浆过的桌布，"没有人会知道我的故事。我将把它带进坟墓。"

*

"这是你做过的最好的一顿晚餐。"那天晚上当她们一起把碗碟放进洗碗机时，克莱尔对妈妈说。

"你每次都这么说。"弗朗西丝笑着答道，"现在我们上蛋糕吧。"

今年，弗朗西丝做了她十分拿手的黑森林蛋糕。虽然繁琐，但樱桃、樱桃酒和巧克力的组合，能带来美妙的味觉享受。

"这么说你已经找到了博士论文的研究方向了。"德斯对坐在他旁边的艾丽西亚说。

"是的，我打算研究警察的贪腐如何破坏社区的社会结构。"她说，"我本想研究警察的贪腐史，但我的导师认为那太宽泛了。所以我缩小了范围，这样比较好掌控。资料太多了，我得花很长的时间来筛选信息。"

"你有整整三年时间。"达芙妮说，"而且你很专注。我不认为我可以攻读博士学位，至少现在不行。不过这个方向听起来挺有趣的。那么，你打算从哪里开始呢？"

"我正在看五十年代在新南威尔士州进行的调查。就像导师对我说的，我得先试试水。那是段很有趣的时期。"

弗朗西丝本要从厨房的架子上取火柴，听到这话，停了下来，凝神听着。

"我猜，没带来什么改变吧。"德斯说，"一次又一次的调查，公布结果，起诉几个人，然后一切照旧。哪怕最诚实的人，也会被金钱和权力腐蚀。"

克莱尔把蛋糕摆到桌上，弗朗西丝跟在后面，手中拿了包火柴。

"弗朗西丝，你做蛋糕很有一手啊。"艾丽西亚对她说。

"外婆是一连串女甜品师的传人。这是她血液里的东西。"达芙妮说。

他们点燃蜡烛，唱着生日快乐歌，弗朗西丝的思绪还沉浸在艾丽西亚说过的话里。

"好吃，太好吃了，"德斯边说，边递过盘子想再来一份，"我知道我该少吃点，但今天是个特殊的日子。"

弗朗西丝用一台意大利机器煮咖啡，这是克莱尔在两年前的圣诞节送给她的。太贵了，她总觉得。她得煮几百杯咖啡，才能让这价钱显得合理些。哎，又来了，她想，正如克莱尔说的，我还是没能摆脱勤俭节约的老习惯。

"净说我的事了。你有旅行计划了吗？"艾丽西亚问达芙妮。

"我觉得罗马不错。不过那样我就得温习一下意大利语了。"

"你在学校学过意大利语吗?"艾丽西亚问她,"我选了法语。几乎完全用不着。早知道选日语或者汉语了。"

"达芙妮的意大利语学得很好,"克莱尔说,"她的老师本来希望她一直学到高中毕业,作为高考科目。"

"罗马吗?"她的父亲说,"克莱尔,你看,我们也没去过呢。"

"今年不行,"克莱尔对他说,"妈,我们六月份去马尔代夫。妈,你真该去欧洲转转,那种只有几个人的旅行团,你会喜欢的。"

"对我来说太远了。飞去昆士兰我都嫌累。在飞机上坐上整整二十四小时,简直没法想象。"弗朗西丝说。

"你那是不知道,坐商务舱有多舒服。你甚至都不会觉得自己在飞机上。"克莱尔对她说。

"花那么多钱就为了一个好点的座位,我是不能理解。"弗朗西丝说。

"噢,妈妈,你还真是永远都不会改变。"克莱尔深情地说。

*

"真有意思,艾丽西亚打算研究五十年代的警察贪腐。我倒是可以给她讲一讲,也许甚至自己写篇论文。"他们都走后,弗朗西丝一边收拾厨房一边想。

她累了。这顿晚餐让她精疲力尽。过去她常操办这样的家宴,从没觉得长时间站在炉灶旁是什么负担。

"时间！"她想，"都是时间在作祟！日子过得真快，发生了那么多的事情。哦，我的材料别说写一篇论文了，就是写几卷书也没有问题啊。最畅销的题材。"她笑着想。

她曾身处风暴核心。首先，没过多久她就发现弗兰克对女人不感兴趣。男人对他很有吸引力，而在他所处的世界里，这个她知之甚少的危险而黑暗的世界里，他发现有许多男人可以满足他的欲望。她独自睡在他指派给她的卧室里，因为他告诉她，他讨厌触碰女人。

"你为什么娶我？"她问过他。

"是你想结婚的。你忘了你有多想逃离那个地方吗？你看，我是你获得自由的工具，而我也需要一个女人来照料这个地方，事情就是这样，"他直言不讳，"纯属交易。"

她在这场闹剧中扮演了自己的角色。她协助清洁女工，让打扫二楼房间不至于弄得像在打仗，她把写满欲望的亚麻床单送去洗衣房，她记住了所有女孩的名字和习惯，不出半年就赢得了她们的信任，她们可以放心地把自己的秘密、计划，甚至金钱交给她。噢，她们都知道弗兰克和他的癖好，虽然从没问过，但都很肯定他们的婚姻是有名无实。她还扮演了一个快递员的角色。这工作每周一次，她需要穿过整个悉尼市。弗兰克教她如何搭乘公共交通去他姐姐家。先在酒吧外面搭公共汽车，十五分钟后到达火车站，再乘半个小时的火车，然后沿着繁忙的街道走上一段，左拐进入一条郊区的公路，就能看到他姐姐家砖木结构的新屋子了。在那里喝杯茶，和她的小女儿玩一会儿，闲聊几分钟，然后带着一个上锁的箱子踏上归途。

"如果你自己去取，会快得多。"一次她撞上场可怕的暴风雨，回到酒吧时浑身湿透，她对他说。

"你不愿意干，有的是人干。"他回道。

"对了，那箱子里装的是什么？我最好知道一下，万一我把它忘在火车上了呢。"有一次她问他。

他那阴狠的目光，让她不寒而栗。

"你试试看，"他说着一把抓过她的衣襟，拧得她几乎透不过气来，"你试试，看看会发生什么。"

*

她和露西成了朋友，就是她在楼梯附近发现的那个流血的女孩。

"你为什么要干这个呢？"弗朗西丝问她。

"这是工作。"

"但这太危险了。你根本不认识那些男人，他们甚至可能是杀人犯。"弗朗西丝对她说。

"你说得没错，这的确很危险。但这份工作挣得比其他都要多。"

"但看看你承担的风险，这值得吗？"

"我不会一辈子都干这个的。只要攒够了钱，我就买间小屋，生几个孩子，安定下来。"

*

　　然后马尔·康纳就出现了，弗朗西丝走上了那条命定的路。哦，当然，她的母亲会说，她是有选择的。不知多少次，她听母亲说上帝赋予了我们明辨是非的意志，又不知多少次，她听外婆争辩说命运是写在星星上的，而写在星星上的东西是不能改变的。这么多年过去了，她仍能听到她们的声音。

　　"你是想要告诉我，你嫁给亨利，给他生孩子，不是命中注定的吗？"

　　"不，妈妈。我有选择，我可以拒绝的。"

　　"可惜，你没有，"古迪塔说，"否则我们都可以免去太多的心痛。"

*

　　哦，有多少心痛，弗朗西丝本来也可以避免的，假如她听从了脑海里她母亲的碎碎念，选择是自己做的，而她的选择让她走上了罪恶之路，直至万劫不复的地狱。当马尔走进她的生活，她敞开心扉迎向了他。她明知道，这样做只会带来麻烦。但她还是这样做了，因为她年轻且孤独，而他的微笑和殷勤吸引了她，从没有谁让她如此感到诱惑。他对她很坦诚，一开始就告诉她，他有妻子和两个与她年龄相仿的女儿，但他说她吸引了他，他知道弗兰克的取向，他告诉她，他们能让彼此快乐，即使短暂。哦，他的确让她很快乐！他打开了她的欲望之门，释放了她的热情，这是此前连她自己都没有看到的一面。和他在一起时，她成了另一个人。她不再是那个站在弗兰克的酒吧吧台后面，一杯接一杯地倒着啤酒，被男人们的污言秽语弄得面红耳赤的弗朗西丝。一丝不挂，她感觉自己恍若女神，曼妙的身体曲线，和她曾经在马耳他博物馆里见到的希腊雕像一样美丽。

他会对她说："站到那边，我想看看你。"

他的目光吞噬着她。"有人告诉过你，你有多美吗？"

"没有！我一直觉得自己很丑。"刚开始时她告诉他。

"到我这儿来。"他张开双臂说。

他会举起她，当她孩子一样，用他强壮的手臂抱着她打转。

"你让我眩晕。"

她笑着倒在床上，他覆在她的身上。

*

"你有自己的银行账户吗？"刚开始交往时，他就问过她。

"没有。"

"你的娘家姓是什么？"

"你是什么意思？"

"你和弗兰克结婚前姓什么？"

"阿塔尔德。"她告诉他。

"写给我看。"他说。

她越过他，拿过纸笔，她丝绒般的肌肤紧贴着他，她慢慢地、优美地写下她的姓氏，每写下一个字母都是一次爱抚。

"你为什么想知道？"她问他。

"等着，你会知道的。"他对她说。

*

弗朗西丝从一开始就知道马尔是名警察，不是普通的警察，是身居高位的警察。酒吧里的男人们说起他时，总是既恨又怕，街上的女孩子们知道，只要她们小心点，他是不会找她们麻烦的。弗兰克发现后气得脸色发青。

"天哪，"弗兰克的手指一遍又一遍地抓着他的黑发，让她想起了亨利，"你疯了吗？"

弗朗西丝选择了沉默，因为尽管她还没有见识过他的脾气，但在内心深处她确信，如果遭到忤逆，他会很凶狠。

"你不知道他是谁吗？"他把脸贴近她的脸，质问。

"他是个警察。"她盯着他的脸说，不禁惶惑自己怎么竟曾以为这个男人是她的救星。

"不错！他不仅是警察，而且是整个新南威尔士州屈指可数的恶警。"

"你是什么意思？"

"她居然问我是什么意思。"他边说边用手掌拍着额头，"我是什么意思？我的意思是，他会毫不犹豫地杀掉我、你或者任何一个挡他路的人。这就是我的意思。"

"可他为什么要这么做？"

"你什么都不知道，就和他在你的房间里干上了，是吗？"

"我该怎么办？我又不是修女。你为什么要娶我？我为什么会这么倒霉？"她哭了。

"天啊！记住，"他用手指戳着她的胸口说，"我绝不会去养他的小杂种。你给我小心点。"

*

马尔再来她的房间时，给她带来了一本联邦银行的存折，里面存了五十英镑，用的是她婚前的名字。

"弗兰克给你工资吗？"他问她。

"不，他为什么要这么做？"

"因为他应该这么做。告诉他，马尔让他这么做。"

她笑了，因为她不可能这样跟他说，不过她知道弗兰克把他的东西藏在了哪里。有一天，她看到他把一卷一卷的钞票塞进地板的一个洞里，然后盖上地毯。

*

此刻，弗朗西丝站起身，环顾她的公寓。如果没有那张存折，她就无法从那条下坡路上转向。没有那笔钱，她就会沦落到悉尼的街头，像那些在弗兰克的破酒吧里租用一楼卧室的女孩们一样。马尔时不时地会给她一卷钱。

"存进银行，"他会说，"别到处乱扔。"

"我这样做不是为了钱。"有一次她对他说。

"我知道你不是。如果你是那样的人，我也不会看上你。"

她原以为他们的关系很快就会破裂，不想却有了整整两年美好的光阴，而且是因为周遭环境突变，才不得已终结。

这么多年过去了，她依然保存着那本银行存折。这是悉尼那段岁月她唯一留下的物件。所有能将她与那个地方联系起来的东西都被她销毁了，甚至连她的结婚证也不见了。每当有人问起她孩子的父亲，她总说他已经死了。

"我得把它处理掉。"她想。

她从文件夹中取出那本存折，打开它。黄色的封面已经褪色，但那些手写的记录仍然像刚写下时一样清晰。第一行用蓝色墨水工整地写着五十英镑，下面是马尔给她的钱，一笔一笔数目各不相同，然后就是她取出的款项。与弗兰克不同，马尔很慷慨。他从不给她买礼物，除了偶尔送她巧克力，他总是给她钱。

"如果你必须迅速地离开这个地方，你只需要带着存折。"他常这样对她说。

当她看着银行存折，试图决定它的去留时，他的脸变得如此清晰。为什么过了这么多年她对它还是恋恋不舍？为什么她仍然不愿割舍？也许她只是想保留一点证据，证明多年前她也曾被爱过，也曾有过激情。是餐桌上的谈话勾起了她的回忆吗？这已经过去多少年了？五十多年了！五十年来，她一直紧握着那段回忆，无法放弃，也无法摆脱。似乎年轻时的那个姑娘依然潜伏在她体内，她需要某种确凿的证据来证明她的确真实存在过。她把银行存折放回抽屉里的文件夹中，她想回到过去。她是如此的累，身体里的骨头似乎都融化了，她坐在床边，让思绪往回飞，飞到悉尼的旅馆岁月之前，回到她与母亲还有外婆古迪塔共同生活的屋子，就像她被情绪裹挟时那样，她好想知道那个年轻气盛的自己是如何远离了最亲爱的一切，彻底放逐了自我。为了保守她的秘密，她终止了与她们的一切联系，她甚至不知道她们是什么时候死的，怎么死的，这令她痛彻心扉。此生在她的日历上，她永远也无法写下"今天是我外婆的忌日"或者"今天是我母亲的忌日"，这个空白是如此深邃，无法填补。悲哀的是，她再也不敢回去了，说自己不想回去，这样的谎言也可以脱口而出。因为她心底里藏着畏惧，她怕一旦回去，就不得不面对真实的自我，质疑她到底是谁，一个成功而充实的澳大利亚女商人，正在安享劳动果实？这样的表象将会轰然崩塌。她怕她只会看到一具空壳，被文化支撑起的一副假象，她的身份被夸大了，美化了。她打量着自己完美的卧室，白色的墙壁、女儿给她买的原住民绘画、无法打开的双层玻璃窗、现代家具和昂贵的亚麻布艺，感到一种她自己也无法理解的空虚。这是大多数人为之奋斗却从未实现的梦想。她通过努力和牺牲才得到了这一切，但今晚，这一切并没有给她带来喜悦，反而使她感到空虚和无趣。

"我怎么会有这样的感觉？我什么也不想要，什么也不需要。

商店里的所有东西都无法让我快乐，无法填补我内心的空虚。我是不是抑郁了？餐桌上的那些谈话，把五十年代又给带了回来。我本以为已经把这一切都从记忆中抹去了，原来它一直都还在，就像埋伏着伺机扑向猎物的猛虎。马尔、弗兰克、弗兰克的姐姐杰玛和她的小女儿。塞拉菲娜。是的，塞拉菲娜。她现在应该也五十多岁了。真想知道她都经历了些什么。她是那么活泼。她现在应该已经结婚，有自己的孩子。我为什么又要重提这些？来澳大利亚是正确的选择吗？我已经问过自己多少次？我在这里收获了那么多。可是如果留在那里，我的生活又会是怎样的呢？我逃脱了。或者说，我认为我逃脱了。我的一生，如果我必须写出来，那将是一个逃避的故事，一个出走的故事。出走是为了追寻什么？如果说是财富，那么通过努力的工作和独身的生活，我找到了。爱？我拥有女儿和外孙女的爱。还有马尔。是的，我爱过他，也许他也爱过我。尽管他从没说过。记忆中他从没说过。他总是换话题。那我到底想要什么呢？我为何感觉如此空虚？"

她感觉腿抽筋了，小腿一阵僵硬。她站起身，活动腿，按摩肌肉，直到痉挛散去。

"坐得太久了，"她想，"明天约了牙医，然后和罗茜一起吃午饭。我得叫辆出租车。这么远我怕是走不了。"

*

那天晚上，她的梦是一个又一个杂乱的场景，像部剪得很糟的电影。她的外婆在小院子里耐心地剥着豌豆，她坐在外婆的身边。

"别吃了，待会儿不够煮了。"外婆对她说。

她的妈妈正在吼她，不知道她又做错了什么。

"你以为你是谁？跑到什么鬼地方去了？"利西娅还像以前那样责问她，而她也还像以前那样脖子一梗，轻蔑地瞪着母亲。

小恩里科因为找不到鞋哭了起来，她被他哭烦了，对他说自从他来到他们家，就只会惹麻烦。

＊

弗朗西丝醒来时疲惫不堪。

"睡眠应该让人恢复体力，而不是消耗精神。"她边想，边把脚落在地上，开始新的一天，"年龄不饶人啊。"

＊

弗朗西丝很早就出发了，去牙医诊所得步行两公里，她觉得自己需要走一走。

"我太沉溺于过去了。"

这是一个阳光明媚的春日，一个令人神清气爽的日子，她浑身没有一处不适，走得很快，深深地呼吸着泥土和新生植物的芳香。

"墨尔本是多么美丽，生活在这里我是何其幸运。"她想。

生活在悉尼并不是她的选择，她在那里住了近三年，她渐渐认识了当地人，熟悉了周围的环境，得空时她很爱去港口，但她总觉得，这不是她能长久定居的地方。马尔已经告诉过她很多次，如果弗兰克不当心一些，他俩将不得不突然离开。

"他处处惹是生非，和危险的人混在一起，早晚会有血光之灾。"

她把马尔的提醒转告弗兰克，他却一笑置之，说他有一些身居高位的朋友会罩着他。

"什么高位？"她轻蔑地问，"告诉我，你哪个朋友是身居高位？"

"不用你操心，告诉你的马尔，弗兰克会照顾好自己的。"

她没能把这个回应，以及另外一个十分紧要的消息告知马尔。再次见到马尔时，她正站在吧台后面，一杯接一杯地倒着啤酒，腰酸背痛，胃里翻江倒海。当时她已经知道自己的状况，但她还在坚持工作，相信会有什么事情发生，令她身体里的这个东西消失。马尔把她从酒吧叫了出来，她跟着他上楼走向她的房间，男人们贪婪的目光跟随着她。

"弗兰克在哪儿？"他锁上身后的门，问她。

"我一下午都没见过他。"她说。

"有麻烦了。大麻烦。拿个包，少带几样东西，关上酒吧，在后门等我。带上你的存折和所有的现金。"

"出什么事了？"她惊恐地问。

"没时间说了。照我说的做，你就不会有事。"

她回到酒吧，两条腿打着颤，她感觉到，在弗兰克黑暗的秘密世界里，可怕的事正在发生。酒吧六点打烊，她早早地把三个酒保打发回家。

"我会打扫的，孩子们，你们累了一整天了。"她对他们说。

马尔像他承诺的那样，正在后巷等着，他把她送去了火车站。

"去墨尔本的火车十五分钟后开。这是车票。你将在早上七点到达那里。叫辆出租车去这个地方。别打电话给我。等这一切结束了，我会打电话给你。"说着，他递给她一张车票，一卷钞票，和一张潦草地写着地址的纸片。

抓起包她爬进二等车厢，她的邻座是一位与她年龄相仿的年轻女子。

如果古迪塔和利西娅看到这一幕，一定又会引发她们那场著名的辩论。古迪塔会说，命运女神终于要眷顾她的外孙女一次了，而利西娅则持不同意见，她认为是她的祈祷和在各个教堂里点燃的数以百计的蜡烛，拯救了她的女儿。

"我叫罗茜。"火车开动了，坐在她身旁的女孩说。"第一次去墨尔本？"她问。

"是，是的。"弗朗西丝说。

"我没听清你的名字。"罗茜说。

"弗朗西丝。我叫弗朗西丝。"

弗朗西丝不想说话。她只想闭上眼睛，好好想一想刚刚发生的这些事。一切都太突然了。上一分钟还在酒吧里，和男人们开着玩笑，下一分钟就离开熟悉的一切向着未知疾驰而去。她想到了马尔声音中的急迫，似乎巨大的危险正在逼近。她想到了酒吧。她把所有的灯都关了吗？所有的门都锁了吗？把钥匙放在弗兰克能找到的地方了吗？他在哪儿？一整个下午他都去哪里了？他没说要去哪里，就跳上车，甩上门，在刺耳的轮胎声中，飞驰而去。现在他应该已经到家了。应该知道她已经走了。关于他藏的那笔钱。她去那里看了看，毕竟，他欠她三年的工资。但那里什么也没有。他是不是拿了钱丢下她跑了？他一定不会那样做的。

"这么说这是你第一次去墨尔本。"罗茜说。

"是的。"

"你住在哪里？"

"我有个地址。"弗朗西丝说。

她还没看过地址，她把手伸进夹克口袋，把东西都掏了出来。手里有一张火车票和一把钞票。写着地址的纸片并不在其中。她肯定自己并没有把它放在另一个口袋里，她没记错，另一个口袋里确实什么也没有。恐慌攫住了她。她站起身，抖抖衣服，裙子口袋，座位下面，还有包里，哪里都没有。

"我弄丢了。"她第一次认真地看着这个坐在她旁边的女孩，说道。

"我弄丢了。"她又说了一遍，开始颤抖。

"你知道那地方的名字吗？"

"不知道，我甚至都没看过那地址。"她说，"天啊，我该住在哪里？我在墨尔本一个人都不认识。"她哀号。

想到自己将在陌生的城市里徘徊，寻找安身之处，她哭了起来。

*

　　如果守护天使真实存在的话，那么这个陌生女孩就是其中之一，和她挂在马耳他卧室里画像上的守护天使一样。弗朗西丝事后想，身边坐了这样一位热心的女孩，真是何其幸运。

　　"听着，别着急。我租的房子里，眼下正好有一个房间空着。和我合租的女孩已经走了。如果你愿意，可以住进来。房租每星期两英镑，包括水电。你倒是帮我省去了贴广告和面试新人的麻烦。"罗茜对她说。

　　"你确定吗？你甚至都不认识我。"

　　"我当然确定。你带吃的了吗？这火车把我都坐饿了。"罗茜兴高采烈地说。

　　她拉过脚边的包，从里面拿出一个包裹。

　　"给你。这是火腿奶酪三明治，这是维吉麦酱奶酪三明治。我饿坏了，午饭后就没吃过东西。"她说着把包裹递给弗朗西丝。

　　"这是我外婆做的，"吃完三明治，罗茜说着打开一个盒子，里面放着一块块果冻蛋糕，"她做的果冻蛋糕天下第一。我是医院的前台接待，正好有两周的假期，就去纽卡斯尔看看她。外婆是个好厨师，蛋糕做得最棒。"

　　"我外婆开了一家甜品店。"弗朗西丝告诉她。

　　"在哪里？墨尔本吗？"

　　"哦，不，在马耳他。她做的蛋糕棒极了。"

想到她的外婆和家人，她曾经那么急切、愚蠢地离她们而去，再想想她现在的窘困，弗朗西丝开始抽泣。

"好了，好了，你干吗自寻烦恼呢？等明天一早到了墨尔本，相信我，事情看起来就会好很多。"

*

这天早上，弗朗西丝轻松地坐在牙科椅上。这是她六个月一次的例行检查，她的牙齿很结实。她的牙医总说，地中海一带的人牙齿都很结实。

"一定是遗传基因，要不就是因为你们那里的水。"

他第一次这么对她说时，她立刻想起了弗兰克的牙齿，它们给他带来了多大的麻烦。他总是嚼着阿司匹林，因为他不愿去看牙医。直到有一天，她给他做了预约，他不得不去。他的牙龈有严重的炎症，没服用抗生素前，牙医都不肯碰他的牙。最后他不得不拔掉了四颗牙。他是如何地呻吟、抱怨，害得她两层楼跑上跑下地照顾他！

"真不知道后来他怎样了。"牙医在她嘴里探查时，她想。

她想把他从自己的脑海里赶走，因为一旦想起他，就停不下来。他就像那种截肢者经历的幻痛，一旦存在，永远存在。

"好了，阿塔尔德夫人，一切正常。我们六个月后见。"牙医的话把她从回忆中拽了出来。

联邦广场她们最喜欢的咖啡店，她的老朋友罗茜已经到了，面前是一杯卡布奇诺，手边有一本相册。

"对不起，亲爱的，我先要了杯咖啡。停车太费劲了。"罗茜对弗朗西丝说。

两周一次的午餐已经成为她们的惯例，这是她们经常来的地方。总是坐在同样的位置，面朝广场。等着上菜时，她们就话话家常，主要是聊罗茜，她的孙辈们过得如何，还有她的丈夫变成了一个多么古怪的老头儿。

"你都无法相信，他曾经是那么可爱！他变得脾气暴躁，难以相处，我说什么他都反驳，我做什么他都反对。哦，上帝，能出来走走真是太好了。现在告诉我，达芙妮的生日怎么样？"罗茜说，"她都二十九岁啦！时间过得真快！我还记得那晚，你抱着克莱尔来敲门，你当时穿着病号服从医院直接溜了出来，真是吓了我一跳。现在她的女儿都二十九岁了。哦，主啊！这些事仿佛就发生在昨天。"

她们怎么可能忘记那个夜晚呢？

*

刚从悉尼来墨尔本的弗朗西丝，在菲茨罗伊租了罗茜的一间卧室，她的状况已经无法隐瞒。

"这就是你来墨尔本的原因？"罗茜问她。

罗茜站在浴室门外，听着弗朗西丝干呕。

"你这可怜的家伙，我猜是他离开了你。他们都一样。一旦达成目的，拔腿就跑，把麻烦全都甩给了女人。在我工作的地方，每天都会看到这样的事情。一个女孩接着一个女孩。全是一样的故事，不管他是已婚还是单身。跟你说吧，我是永远也不会相信男人了。所以他做了什么？跑了？丢下你一个人？"

"哦，不，"弗朗西丝马上接口，"是我离开了他。"

"为什么？你为什么要这么做？"

"他已经结婚了，还有孩子。"弗朗西丝对罗茜说，她该如何告诉罗茜自己生活中那些龌龊的细节？

"你这可怜的家伙，我猜他从没告诉过你。让你自己去发现。你现在打算怎么办呢？打掉？"

但她怎么能那样做呢？

"这挺贵的。"罗茜告诉她，"这是违法的，不过我认识一个医生，他只收一百二十英镑。他医术很好，你会很安全。你几个月了？"

"我不知道。已经有两次月经没来。"弗朗西丝说。

"那差不多该有三个月了。你一点也不显怀。如果我是你，就不会再等。那时就危险了。我给你约个时间，如果你愿意，我可以和你一起去。你有钱吗？"

"是的，我有。"她说，想着自己银行账户里的一千英镑和登上火车前马尔塞在她手里的两百英镑。

那天晚上，弗朗西丝一夜无眠，枕头下放着的信封里面装着一百二十英镑，她想着母亲和外婆，如果她们处于这样的境况，不知会做出怎样的选择。她们决不会做她要做的事，这一点她是肯定的。

她听到母亲的声音："不可杀人。"

"不论出于什么原因，你都不应该杀人。"她的外婆会这样跟她说。

如果这样做，她将永远被诅咒，她母亲会告诉她。弗朗西丝想，这也许将成为她一生中所犯的最大的错误。这不是简单地在她已经犯下的所有错误后面再增加一条，这会使所有的错误成倍地增加、放大。上帝永远不会原谅她，更糟的是，她也永远不会原谅自己。她的手将永远鲜血淋漓。然后，仿佛是为了加深她的恐惧，她的眼前闪现出她永远也不会忘记的一幕：露西，那个站街女孩，蜷缩在酒吧二楼墙和梳妆台之间的角落里，双腿之间的双手沾满了鲜血，贝琪低声咒骂："做出这种事的屠夫就应该被绞死。"

"做。不做。"

她的脑子转个不停，仿佛她正一片一片地摘着雏菊花瓣，寻找正确答案。

*

"我没法这么做。"早上她对罗茜说，"否则我永远也不会原谅自己。"

"你确定吗？我知道这是你的决定，但你不知道一个人养大孩子有多难。"

抚养克莱尔的确不容易，但留住她才是最困难的，因为她觉得每个人都想夺走她的女儿。她还记得在医院时，修女们、护士们轮番把表格推到她面前让她签字，因为当时收养制度的发展正迅猛，势不可挡。那个年代，没有孩子的夫妇接到一通电话，就可以去妇产科医院领走他们选择的孩子，与此同时，单亲妈妈的父母将强迫女儿放弃她自己的孩子。那个年代，在体面的名义下，单亲妈妈们和她的孩子们受到了可怕的不公正对待。即便有可能消除这种不公正，也得花上几十年的时间。一连三天弗朗西丝都拒绝在助产士给她的表格上签字。这时医院的清洁女工，一位意大利移民提醒她，事实上，即使她拒绝签字，医院的工作人员仍然可以伪造她的签名。

"他们在表格上签下你的名字，然后说是你签的。我见过这样的事，"清洁女工在她床边拖地时，小声说道，"你不想放弃你的孩子是吗？但他们不会让你留着的。他们已经让一对夫妇看过她了。两个澳大利亚人，年纪比我还大些。男的红脸庞挺个大肚子。女的高高瘦瘦。我亲眼看见的。如果我是你，我会带着孩子离开这里。"

"怎么离开？我该怎么做？"

清洁女工耸了耸肩，把拖把放回水桶，转了几圈，挤了挤，继续拖地。

＊

第四天，弗朗西丝开始发烧，肿胀的乳房让她疼得想要尖叫。

"我们得把它们绑起来，"助产士对她说，"你不打算母乳喂养，是吧？"

助产士为什么这么说？刚才，她还试图说服隔壁床上的年轻母亲，说母乳对她的孩子来说是最好的食物，又便宜又有营养。难道清洁女工告诉她的事是真的？有一对夫妇已经准备要领走她的孩子？"

"我不能再等下去了。"她想。

现在，五十年过去了，她仍然惊叹于自己当时的勇气和决心，她把病号服穿在自己的衣服外面，收拾好行李。护士把孩子带来让她喂当天最后一次奶，她就这样走入墨尔本的夜色，搭上了回家的出租车。

"我自己出院了，"她告诉目瞪口呆的罗茜，"我绝不会再回去。"

＊

"那时候，你和我，我们俩真是疯狂，"罗茜叹了口气说，"但你知道吗？我一直都很敬佩你的勇气和坚持。"

"而我一直都很感激你的慷慨。那天晚上如果没在火车上遇见你，真不知道会发生什么。"

这样的对话她们已经有过很多次，像以往一样，罗茜挥挥手，没有理睬她朋友的话。

　　"如果不是我，也会有别人。"

　　她们的午餐被送了过来，罗茜点的是希腊沙拉，弗朗西丝点的是烟熏三文鱼沙拉。

　　"昨晚你看了那个介绍马耳他的电视节目吗？"吃饭时，罗茜问弗朗西丝。

　　"没有，我当时在忙达芙妮的生日派对。"

　　"跟你说吧，我还真想去看看。"罗茜对她说。

　　"马耳他？为什么？"

　　"看起来很美。我丈夫喜欢历史。"她边说，边从沙拉菜中叉起一块羊肉，"你也一直没回去。我们一起去怎么样？那会很有趣。我丈夫去观光，我俩坐在咖啡馆里逍遥。"

　　"真不行。太远了。我没法在飞机上坐那么长时间。"

　　"但那是你的祖国。你难道不想在死前至少再看一看自己的祖国吗？"

　　"不一定。不过，说实话，我最近的确常想这些。"

　　"真的吗？"

　　"是的。想起那个地方。倒也不是我有多想回去。但当我想起它时，我觉得我身体的某一部分，真的很想再在那些街道上走一走，也许在我曾经常去的教堂里坐一坐，看看甜品店，看它是否仍然存在，去外婆的老房子，爬上三楼，在屋顶眺望远方，看盘踞在山顶的姆迪纳，看莫斯塔教堂的穹顶，还有身边一片片的平屋顶。可我身体的另一部分又告诉我，一切都太迟了。现在我在那里还剩下些什么呢？我的家人在这里。这就是我所需要的一切，一切的一切。"

"瞎说！现在还不晚。你看看那些环游世界的退休老人。"

罗茜看着她的朋友，放下叉子问道："你是怕失望吗？"

"我不知道。我真的不知道。就像我身体里有一个无法完成的拼图。我想把那个地方从脑海中抹去，但我似乎做不到。很久以来，我一直都在尝试，但现在看起来，年纪越大，那些街道、教堂和风景就变得越清晰。你也许会以为，这么多年过去了，所有的东西即使没被完全抹去，也应该已经褪色。但我脑海中外婆的面包房，清晰得就像昨天才离开一样：地上的马赛克瓷砖，商店四壁的玻璃柜台，甚至是天花板上的灯。真是奇怪，这一切我都记得清清楚楚，但有时我连自家客厅窗帘是什么颜色都得想半天。我一定是老了。还有那些气味。有时候，我做饭的时候，切碎的欧芹和大蒜的香味，一下子就把我带回了外婆的厨房。一个刚烤好的海绵蛋糕，让我顷刻之间就回到了面包房，站在货架前上货、备货。有一天我路过小学，天气很热，我闻到了无花果叶的味道。那里有一棵枝繁叶茂的无花果树，它的枝干伸出了篱笆，我就站在树下，呼吸着那味道。我看上去一定很可疑，因为有位女交通协管员皱着眉头看着我，让我觉得我必须解释一下。不知道怎么回事，但我最近觉得，自己一路走来似乎丢失了一些什么东西。我一遍又一遍地问自己，我到底丢了什么？我到底想要什么？衣服？鞋子？厨房用具吗？不，我毫无兴趣。我已经拥有了一切，但为什么我还会有这样的感觉？"

"你是不是抑郁了？或许你该寻求专业的帮助。"

"你是说心理医生？开些能让我开心的药？我挺开心的。我不需要药物。我也很健康。我晚上睡得很好，腿脚也灵便。血压、胆固醇都很正常。你知道么，也许我还在质疑那个决定离家出走的任性的十九岁女孩。也许我这个七十岁的老妇人想知道，她抛弃了一切，朋友、家人、邻居，她所珍爱的一切，只为追逐梦想，这样做到底对不对。"

"这些念头都是哪里来的？"弗朗西丝自己都感到疑惑，拨弄着盘子里的沙拉菜。是不是到了她这样的年纪，人就会变得怪怪的？这些冒出来的质疑，这种合理化的努力，这针对自我的审查，是不是衰老的迹象，是不是大脑在关闭神经元之前进行的疑虑清除，一种对过去的洗白？

"也许你应该原谅那个十九岁女孩。"罗茜看着她的朋友说，她们相知相识这么多年了，她也想知道为什么弗朗西丝现在才忽然说起这些。

毕竟，尽管她们有着漫长的友谊，在这期间，她们倾诉最细微的感受、最私密的情感，分享彼此的生活，但罗茜对弗朗西丝此前的经历一无所知，她只知道，她们相遇的那个宿命的夜晚，在悉尼开往墨尔本的火车上，弗朗西丝怀着孩子，或许是在逃避已婚的情人，遗失了她本该投奔的地址，这才和她成为室友。

"你说什么？"弗朗西丝问。

"我说，也许你应该宽恕过往。无论发生过什么都已经成为过去。这是你无法改变的。再说，无论我们相遇之前发生过什么，无论你觉得那有多糟，它还是带来了一个无比美好的结果。你生下了一个女儿。尽管那些人千方百计想让你放弃她，你还是保住了她。看看她，你应该能看到，你成功地养育了她。把她抚养成人，所有的艰辛都是你一个人承担的。看看现在的她，告诉我在她身上你可曾失败。还有你的外孙女。弗朗西丝，你得想想生活中各个积极的方面，否则，亲爱的，你就会陷入深渊，那可不是你希望的。"

"是的。我不想再经历一次。这太可怕了。我花了很长时间才振作起来，继续前进，走出困扰，因为我的愚蠢，我被一个克莱尔那个年龄的女孩蒙蔽了，让她置身于那样的危险，我差点就失去了她。"

"弗朗西丝！都过去了这么久。终究，她安然无恙。什么事也没发生。我以为你早就放下这件事了。"

"是，我放下了。我放下了！但有时，一想到可能会发生在她身上的事，我就不寒而栗。"

"那是很久以前的事了！她当时才上大学一年级。弗朗西丝，你不要总是沉湎于过往。想想你拥有的所有美好的东西。"

"是的，像结实的牙齿。牙医简直不敢相信我的牙能这么好。"

"这就对了！瞧，我告诉过你，有些事一旦开始就停不下来。"

*

是的，她的朋友罗茜是对的，和朋友告别后，走回公寓的路上她这样想。她应该列出她生活中所有美好的事情。不是她的财产。它们毫无意义。那只是些身外之物。她拥有女儿和外孙女的爱。她的女婿也敬她爱她。她拥有罗茜的友谊。一份长久的友谊。一段坚实而忠诚的友谊。她拥有健康。难道这些不值得感激？她孤独吗？也许有过，但这是她的选择。独自生活是她自己的意愿。当然也有男人被她吸引，尤其是她的生意蒸蒸日上的时候，她遇见了各种各样的男人，会计、律师、雇员、送货员，形形色色。但没有一个能吸引她。没有一人能像马尔那样。在她此生再也没有过。此外，她一直有点害怕，应该说是相当谨慎，她怕再遇到一个弗兰克。结婚是绝对不可能的，因为她甚至还没和弗兰克离婚。她只是丢下他跑了。还有就是她的女儿克莱尔。是的，独自抚养女儿，经营自己的生意，确保女儿能受到最好的教育，把她送去墨尔本最昂贵的一家女子学校，这一切都不容易。是的，她曾奋斗求存。她曾经历艰难困苦，经济上和身体上的。在她的意面店，她是怎样地不辞辛劳！站立得那么久！有些夜晚，她感觉自己的双腿仿佛已经融化。还有就是下午罗茜提到的那件事。简直邪恶。她险些就失去了她心爱的女儿！作为母亲，她是多么的鲁莽。直到现在她都后悔。也许罗茜是对的。是的，她需要原谅十九岁的自己，逃离了安全的家，一头扎进罪恶的巢穴，她也需要原谅作为母亲的自己，多年前不知不觉竟将深爱的女儿推向了灾难。

"我一直认为我已经放下了那件事。也许我没有。显然，我没有。"快到她的公寓时，她这样想。

三

克莱尔·阿塔尔德小心翼翼地打开教室的门，踮着脚尖走到座位上，满脸通红，因为她迟到了五分钟。英语老师帕特森小姐对于迟到者从不宽容。二十八双眼睛齐刷刷地望向她，又立刻收回。

"怎么回事？"克莱尔想。

通常帕特森小姐的课都十分活跃，她丢出一些问题，女孩们就此进行讨论和争辩。但今天，女孩们都安安静静地坐着，手放在膝上，像在等待什么不祥的事情发生。

"现在都到齐了。克莱尔，谢谢你让我们等了这么久。苔丝，你去告诉肖内西先生，我们都在这儿了。"

"一定出什么事了。"克莱尔想，因为校长很少来她们教室。在这样一所有一千多名学生和大量工作人员的学校里，校长有比参观教室更重要的事要做。

她一动不动地坐在座位上。那天早上，为了准时到学校，她一路上紧赶慢赶，现在总算能享受几分钟的安宁。她错过了七点三刻的火车，下一班火车得等半小时。转乘的公共汽车慢得叫人崩溃，每一站都停，总有人上上下下。

"我要是走过来，还能快一些。"她一直在想。

*

克莱尔用肩膀顶开商店的门，大步流星地走过柜台，她的母亲正在那里招待顾客。她飞奔上楼，把书包扔在椅子上，脸朝下扑倒在床上。

"太糟了，这真是太糟了！我没法相信，她怎么会这么做。"克莱尔想。

几分钟以后，她的妈妈推开门走了进去。

"出什么事了？你怎么这么早就回家了？"弗朗西丝问她，"你有哪里不舒服吗？你是因为这个提早回家的吗？"

克莱尔翻过身来，用胳膊捂着眼睛说："妈妈，珍妮弗·阿赫恩昨天晚上自杀了。"

"我的上帝！这太可怕了！"弗朗西丝声音颤抖着说，"她为什么要做这么可怕的事情？"

"上个星期，她的爸爸离开了她们。"克莱尔说。

"哦，这真是太可惜了。她是个那么漂亮的女孩。有那么多的事情值得她活下去。"

"显然，她不这么认为。"

"谁能真正看透别人的心思呢？是什么让她如此绝望？一个这么漂亮、聪明的女孩。"

"妈妈，我告诉过你。她的爸爸为了一个和她姐姐一样年纪的女孩抛弃了她们。你能想象她的感受吗？她的父亲和一个两年前才离开我们学校的女孩住在了一起！"

"对她来说这是很糟。的确很糟！她应该找个人谈谈的。"

"妈妈，她告诉我们了。她说她感觉烂透了。说她的生活不值得再继续。但我们没想到她会这么做。我们怎么会知道呢？"

"不，你不可能知道。你不该自责。亲爱的，你饿吗？要不要我给你倒杯茶？"

"真没法相信你会问我这个。我的朋友死了，我怎么会觉得饿呢？"

"我能为你做些什么？"

"没什么。我只想一个人呆着。"

*

就在一天前，珍妮弗还在全班面前朗读她写的关于西尔维娅·普拉斯的文章，而今天，二十四小时以后，珍妮弗死了。朗读时，她念得很慢，中途完全没有抬起眼睛，看看她的二十九位听众对她的文字有什么反应。她读完，女孩们都安安静静地坐着，等待老师的评判。珍妮弗站在讲台前，手里拿着文章，红着脸，黑色的眼睛盯着前方，似乎出了神。

"很好，珍妮弗，"帕特森小姐说，"我给你 A＋。"

整个房间一阵惊叹，因为这是帕特森小姐今年第一次给这么高的分数。珍妮弗走回座位，嘴角挂着一个奇怪的微笑。

"也许就在昨天，"克莱尔心想，"珍妮弗产生了这个念头，和西尔维娅·普拉斯采取同样的方法来摆脱烦恼。也或许是在写文章时冒出了这个想法。但是为什么要卧轨呢？那样的支离破碎！还有那么多人看着。那么多人的精神都会遭受创伤！她有没有想过她将如何影响所有在场的人？她有没有考虑她在学校的朋友？她的父母和姐妹？也许罗茜阿姨说得没错，自杀是一个人可以实施的最自私的行为。"

不过话说回来，也许她只是一时冲动。也许她只是跳下了站台，甚至都没有考虑后果。但这也说不通，因为珍妮弗是她认识的人中最不冲动的那一个。珍妮弗的心思向来很细密。克莱尔心想她应该和罗茜阿姨谈谈。学校的辅导员说，她们应该向自己信任的人倾诉自己的感受。罗茜阿姨会理解的。她和母亲不一样。罗茜阿姨交友广泛，见多识广。她妈妈知道什么？什么都不知道。她妈妈就只知道做意大利面，卖意大利面。和她甚至无法正常交流。她的母亲困在了过去，困在了店里，于她而言再没有比工作更快乐的事了。

"你为什么要那么做？为什么？说好的我们的计划呢？你难道忘记了，等我们存够了钱，就一起出国旅游？你还记得吗？印度？尼泊尔？还有你不是想要成为医生的吗？这你也忘了吗？'我想治愈别人，做一个有用的人，用我的人生做一些有意义的事情。'你曾经一遍又一遍地告诉过我。难道这就意味着在四点三十分的列车进站前跳下站台？贱人，你这贱人。我恨你。"克莱尔气急败坏，这些话在她的脑海里响亮而清晰。

"我永远也不会原谅你。永远不会！"想到这里，克莱尔把脸埋进枕头，手中紧紧地攥着去年的班级合影，心碎一般地啜泣着。

*

打第一眼起，克莱尔就不喜欢这个新来的女孩，和她保持着距离。她坐在了珍妮弗原来的座位，仅这件事就足以使克莱尔对她反感。

"让我们看看，她到底是个什么样的人。"克莱尔想，大家安静下来准备上第一节课。

克莱尔渐渐发现，莎伦·斯隆与她正好相反。她自信、富有，而且有个恼人的习惯，开口闭口总爱提她父母的那些朋友，他们都是政客、说客、首席执行官和大百货公司的经理们。此外她还很聪明，这一点比她所有的坏习惯加在一起更令人讨厌。

*

克莱尔和斯特拉坐在木凳上，背对着砖墙。她们默默地吃着午饭，看着一队蚂蚁从地面的裂缝中钻出来，急匆匆地往上爬。时不时地，它们中有一只会绕回来，碰一碰其他蚂蚁的触角，然后又迅速回到队伍中去。

"看起来那只蚂蚁有什么口信，急着要送回家。"斯特拉对她说。

克莱尔伸出一只脚，把蚂蚁碾得四下逃窜。更多的蚂蚁钻出来，占据了原先的位置。

"一定是快要下雨了。"斯特拉说。

"你怎么知道?"克莱尔问道。

"珍妮弗总是这么说。"斯特拉说。

听到珍妮弗的名字,克莱尔看着斯特拉,纠正她道:

"你是想说,珍妮弗曾经这么说。"

"我没法把她当成过去式。好像她的存在已经是很久以前的事情一样。我实在不忍心。"斯特拉说着哭了起来,"我不忍看到她的位置被那个女孩取代。"

"我知道,我也这么觉得。我受不了她。"

克莱尔搂住斯特拉的肩膀,抱着她。

"我想我们得相互支持。再有十个月,我们就可以离开这里了。"克莱尔对她说。

"你说得好像坐牢似的。"斯特拉擦着眼泪说。

"某种程度上就是这样。只要熬完这一年,我们就自由了。"

*

一月的墨尔本,说不清是夏天还是冬天。天气又冷又湿,海滩上空无一人。考试结果出来了,克莱尔整个上午都在给她的朋友们打电话。她的母亲看到分数后,热泪盈眶地拥抱了她。

"你可以读任何你想读的专业——法律或者医学。"弗朗西丝对她说。

她自己曾如此渴望受教育,现在她女儿将成为祖祖辈辈众多女性中的第一个，不仅完成了高中学业，还有机会接受更高等的教育。

"我的外婆一定会很骄傲！很自豪！"她想，"还有我的父亲。"

因为她曾被告知，也从未忘记，她父亲是多么遗憾自己没能上学，又曾多么希望她能接受教育。

*

上学第一天，克莱尔在大学餐厅遇见了莎伦·斯隆。她被一群聒噪的朋友围在中间，谈论着假期里的快乐时光。

"克莱尔！到我们这儿来！你选了什么专业？"莎伦说。

"商法。"她说，"你呢？"

"艺术，亲爱的。虚张声势的东西。不过能留给你大量时间享受生活。商法，听起来很严肃，不过你一直都是个严肃的姑娘。"莎伦对周围的人说："你们知道吗，克莱尔是我所见过的最认真、最用功的人之一，总是埋头苦读，什么都学得进去。无趣的克莱尔，我第一天进学校见到你就是这么想的。"

每个人都看着她，根据莎伦的话评判着她。克莱尔羞得满脸通红。

"我第一天走进教室的时候，你对我有什么看法？"莎伦问。

她转过身对其他人说："你们听说了吗？去年我读的那所学校有个学生自杀了。我坐在了她的座位上。她是克莱尔最好的朋友，不是吗，克莱尔？你最好的朋友。啊，你还没有回答我的问题呢。"

"我为什么要让她这样对我？我已经忍她那么久了，而且，我已经不在高中了。"克莱尔想。

克莱尔看了看四周，笑了笑，尽可能大声地说：

"荡妇，我觉得你是个荡妇。"

"万岁！"莎伦高兴地叫了起来。"看哪，我们的小老鼠吱吱叫了。"她对着她的仰慕者们说。

*

克莱尔生气地走开了，她生自己的气。走去教室的路上，"小老鼠"这个词在她的脑海里不断回响。

"我就不该理她，直接走开就好了。傻瓜！我真是最大的傻瓜。"

她在教室后面找了个座位坐下，她的心因为愤怒怦怦直跳，她试图集中注意力听老师讲课。记笔记是不可能的了。她的心很乱。她画着圆圈，一个接一个，直到填满整张纸。

"绝妙的笔记，"坐在她旁边的年轻人看着她面前的纸说，"我不介意拿我的来和你换。"他笑着对她说。

"滚开。"她小声说，把纸揉成一团。

*

那天晚上，弗朗西丝接到一通电话。

"一个叫莎伦的女孩，说想和你谈谈。"她告诉克莱尔。

"叫她滚。"克莱尔对她妈妈说。

"哦，亲爱的，别这样。"她说着递过电话。

"我希望你没生我的气，"莎伦对勉强拿起电话的克莱尔说，"只是逗个乐，仅此而已。你就是太认真了。明天晚上我在爸妈家开派对。你来吗？"

"不，谢谢，我很忙。"她明知道她不可能去。

"周六晚上？"

"是的，周六晚上。不是所有人都像你一样不用工作。"克莱尔对她说。

"好吧，如果你改主意了，我们在布莱顿的海滩路。如果你搭火车过来，晚上会有人送你回去的。"

"劳您费心，不用。"克莱尔对她说。

"这是怎么了？"妈妈问她。

"她邀我去她父母家参加一个聚会。"克莱尔说。

"你总是窝在家里。去吧。你会玩得很开心的。"

"和那群人混在一起，我不要。再说我也没什么可穿的。"

"罗茜给你的那件蓝色上衣就很漂亮啊，还有你买的那条黑裤子，几乎就没穿过。"

"妈妈，我不想去，别再说了。"

*

星期六是店里最忙的一天。母亲从意大利进口的机器，正一刻不停地生产着新鲜的意大利面。门口总有人排着队等着买意大利菠菜乳酪饺。弗朗西丝还做了大罐的意大利面酱，和新鲜的意大利粉或者意大利宽面打包出售。那些想在周六晚上快速地享用一顿美餐的人，很喜欢这些产品。克莱尔从早上八点一直工作到晚上五点商店关门，心里还是想着莎伦的邀请。

"其实也可以去，如果太过分，我就立刻回家。"抱着这样的想法，她换上参加聚会的衣服。

莎伦父母的房子相当壮观。面向菲利普港湾，这是一座维多利亚式的豪宅，处处都是飘窗和塔楼。

"所以你改主意了。"看到克莱尔的到来，莎伦说，"好的，我给你介绍几个人。"

她来了！她改变了主意，她来了。一股强烈的欲望在莎伦的体内涌动，她拉着克莱尔的手臂，陪她走向一群人。克莱尔手臂的温暖渗入她的皮肤，她满心欢喜。这个计划会成功，一定会成功，一定会。她拿起电话邀请克莱尔参加这个聚会之前，在日记里写下的预言将会成为现实。它将彻彻底底完完全全地成为现实，这样她和克莱尔都将获得自由。

*

莎伦把克莱尔介绍给她在大学餐厅见过的那群人，一群和她毫无共同之处的学生。音乐的节拍震耳欲聋，很难听清别人的话，酒精肆意地奔流。克莱尔离开莎伦的圈子，看到几个高中的校友，还有两个和她一起上过辅导课。前一天坐在她旁边的那个年轻人也在这儿。

"嗨。我叫德斯。"他愉快地和她打招呼。

她犹疑地望着他，等着他对她的笔记发表一些高明的见解。

"克莱尔。"她说，脸上没有一丝笑容。

"你想喝点什么？"

"现在不用，谢谢。"她对他说。

他们穿过巨大的玻璃门，来到后花园，迎面便是偌大的游泳池和夏威夷风格的阳伞。

"哇！瞧瞧。"克莱尔说。

"我知道。有些人拥有一切。"德斯对她说。

然后他们就走散了，她四处逛逛，和高中的校友聊聊她们的近况，对新大学的感觉。詹姆斯·理查森也在这里，去年，每次看到他，她都会血压上升，这个高挑、灵活、英俊的家伙正在和莎伦说话。

"克莱尔，你认识詹姆斯吗？克莱尔和我同班。你可得好好照顾她，甜心，让她玩得开心点。"莎伦对他说。

"莎伦说你很聪明。是这样吗？"他问她，咧嘴一笑，露出两个酒窝。

"哦，不，她是在跟你开玩笑。"克莱尔对他说。

他看着她，打量着她的头发、她的脸蛋、她的身材。看完后，他微笑着说："你看起来像那种喝伏特加兑酸橙汁的女孩。你等着，我一会儿就来。"

"给你，如果喜欢那边还有。"他说着递给她一个杯子。

*

两杯伏特加之后，她给詹姆斯讲述了她的人生故事，尽管少得可怜，但他目不转睛地看着她，听得那么专注，仿佛这是他所听过的最有趣的故事。

"他真好，"她想，"作为一个受欢迎的男生，他比我料想的要好得多。"

不知怎么的，她忽然发现自己正在花园尽头的小凉亭里，詹姆斯让她深深地吸了一口他递给她的烟。她的头开始眩晕，世界像牡蛎壳般在她眼前打开，她往里看，看到了一颗异常美丽的珍珠。啊，这样真好，把整个世界都甩在脑后！终于成年了，终于长大了。这时的詹姆斯，一只手忙活着她的拉链，另一只手捏着她的乳房，仿佛那是一块他想拧干的海绵。

"疼。"她听见自己的声音从远处传来。

"现在呢？"他问她，更用力了。

"詹姆斯，别这样。我不喜欢。"她告诉他，抓住他试图解开她拉链的手。

"你说你不喜欢它，因为你喜欢，因为你想要更多，更多，更多。"他对着她的耳朵低语。

"不，詹姆斯，我不喜欢，我真的不喜欢。"她说。

她试图站起来，把他推开，但她的胳膊和腿却软绵绵的。当他把她推倒时，她能感觉到他肩膀上的力量，她无能为力。

"不，求你了，不要。"她呜咽着说。

他把她的脸推向地面，被他压在身下的她吓得没了丝毫力气。

"别告诉我你不喜欢这样。"他边说，边用手指试探着她。

"不，住手。住手。"

"你听到她说的了。她叫你住手。"他们上方传来一个声音。

"你怎么不滚开。"詹姆斯说，甚至都没回头看看说话的人是谁。

"不，你滚开！"那个声音说，"在我用这把椅子把你的脑袋砸开之前，滚开。"

*

德斯把她扶了起来，帮她整理衣服，坐在她身边，直到她停止颤抖。

"你感觉怎么样？"

"糟透了。"

"那是一群堕落的人。最好离他们远点。"他说，"私立学校的垃圾。以为他们拥有整个世界。"他对她说。

"对不起，"她说，尴尬得不好意思看他，"还有，谢谢你。"

"不用放在心上。我要回家了。我可以载你一程吗？"他问她。

"是的，拜托了，我住在科林伍德。"她对他说。

"这么说我们几乎是邻居。我住在北菲茨罗伊。"

"我上的是私立学校。"他开车送她回家的路上，她对他说。

"我觉得你和他们完全不一样。"他对她说。

*

"怎么了？"莎伦问詹姆斯。

"没什么。"

"因为克莱尔？"

"真他妈的，能不能别烦我！"

莎伦面朝泳池坐着，手里拿着一杯饮料，音乐声被调低了，因为一位邻居打来电话，说已经过了午夜，她要报警了。有几对情侣挤在游泳池周围的椅子上。詹姆斯在她身边坐下。

"你看上去像是出了什么事儿。"她对他说。

"什么事儿也没有。你知道，跟那样的女孩在一起，就不可能有什么乐子。"

"她在哪儿呢？我没看见她离开。"

"我才不在乎她在哪儿呢。"

"看起来，她让你挺失落呀。你随时都可以拥有我，詹姆斯，你知道的。"

詹姆斯眯缝着眼睛看着她。是的，他知道自己可以得到她，但他不想。他不想卷入她的阴谋。

"我太无聊了，"说着她抬起光脚丫，检阅脚趾上的指甲油，"没有什么叫人兴奋的事儿。生活真沉闷、乏味、无聊。"说着她把空杯子递给他，让他为她斟满。

"你想喝什么？"

"什么都行，除了伏特加。我恨那玩意儿。"

他拿来两杯加冰的金宾威士忌，两人紧挨着坐在一起，盯着泳池的灯光发呆。

"我们去自杀吧，你和我，去看看另一边是什么样子的。"她啜了一口酒对他说。

"她又开始扯淡了。"他想。

上高中以后，她就一直说要自杀，转校后，坐了那个自杀身亡的女孩的座位，她就相信，命中注定她也会做同样的事情。

"这不一定会疼。珍妮弗，我跟你说起的那个女孩，一头扎进火车下面。我不会那样做。我怕疼。"

莎伦的死活，詹姆斯根本就不在乎，此时他肝火正旺。花了一晚上听一个女孩讲她索然无味的人生故事，她母亲是做意大利面的，他使出浑身解数才和她单独相处，眼看就要得手了，却被一个乡下佬威胁，他真是受够了。哦，他很生气！气勾引了他的克莱尔，气那个坏了他好事的外国佬，也气莎伦，是她把克莱尔推给了他。

"莎伦，你要死要活，我真的不在乎。你知道吗？你需要心理医生。你变态。如果你想上吊，看看那边那棵树，我觉得它的高度就很合适。我甚至可以去给你弄根绳子来。"他拿着杯子站起身，作势要走。

"你这个混蛋，"当他转过身背对着她时，她喊道，"你这个愚蠢的混蛋。你以为我不知道你今晚打的什么算盘吗？嗨，大家听着，"她说，"詹姆斯·理查森，他向我的一位客人下药，给她灌酒，然后试图强奸她。还有，你敢再背对着我。"她尖叫道。

莎伦把手中的空杯子摔向他，杯子碎在了泳池里。玻璃砸在泳池上的一声脆响，打断了她的咆哮。随即，想到父母得悉泳池必须清空才能再次使用，想到他们的反应，她就又高兴了起来。

"来吧，各位，这又不是葬礼，酒还多着呢。"说着她朝旁边放着酒瓶的桌子一挥手，"让我们来点不同的音乐，让派对嗨起来。"

*

克莱尔被惊醒了。远处传来电话铃声。她睡眼惺忪，腰酸背痛，左耳感觉像有人在用棒针戳它。

十点钟。

"今天是星期几？"

"我在我的床上，昨晚我去莎伦的聚会。德斯把我送回了家，妈妈看着电视等我。"

她感到詹姆斯把全部的重量都压在她身上，推着她的肩膀把她按倒在地。她的左耳下有块鹅卵石。她摸了摸耳垂。很软。喉咙痛。很可能是要感冒。又或者是因为她吸的那种东西？谢天谢地，德斯出现了，正及时。

克莱尔把脸埋进枕头里，努力抛开昨晚的事。她为自己的愚蠢感到羞愧。

"你醒了？"妈妈问她。

她紧闭双眼，没有回答。

"星期天。万幸。可以睡个懒觉。也许午饭后再起来，为明天的课复习一下笔记。还好第一堂课是十一点。"

*

"那个叫莎伦的女孩给你打电话了。"克莱尔去厨房吃东西时，弗朗西丝告诉她，"她问你是否平安到家。"

"你怎么跟她说的？"

"我告诉她，有个很好的男孩把你一直送到家。"

"她就问了这些？"

"她还问起我们做的是哪种意大利面。她喜欢意大利菜，说她下周可能会顺道过来买一些。"

*

莎伦放下电话，放电话的桌子上方挂着一面镜子，她对着镜中的自己微微一笑。还不错，尽管喝了一晚上的酒，还服用了她称为违禁药物的东西。看上去还真不错。事实上，她看上去比以往任何时候都要好。她的眼中闪着光芒，因为她找到了接近克莱尔的办法。这条捷径不是借由别人，而是通过克莱尔的母亲，她主意已定。

"魔镜，魔镜，谁是世界上最纯洁的女孩？"她问。

克莱尔，美丽的、修长的克莱尔。有着清澈的蓝眼睛和长长的黑头发的克莱尔。克莱尔就是她选中的人。那个将陪她共赴黄泉的人。那个通过了考验的人。莎伦知道詹姆斯的意图，所以把她交给了他。她担心克莱尔太过强壮，因而不会屈服。现在有一个大奖正等着克莱尔。那奖品就是自由。终极的自由，用不了多久，她们就会像两只自由的鸟，展翅高飞，谁也无法阻拦她们。

四

十一月的墨尔本，春天已经来临，郁金香、水仙花、蝴蝶花，还有各式各样的果树，都开花了，空气中弥漫着花粉，每一只昆虫都不甘寂寞，嗡嗡乱转，忙着繁殖。这是一个欢欣的时节，大学放假以后，出去度个假，这是克莱尔期盼已久的。

"莎伦来了。"弗朗西丝从楼下喊道。

克莱尔拉上行李包的拉链，又检查了一次手袋，然后走下楼去。

"玩得开心点。"弗朗西丝对她说。

"你要去哪里玩？"一个顾客问。

"去南澳一个星期。"克莱尔笑着说。

"真幸运！我一直想去那里。祝你玩得开心。"那个顾客说。

克莱尔打开店门，莎伦的车就停在店的正对面。

"哇，奔驰！"克莱尔说着，把包放在了后座。

"是啊，老爸的车。"莎伦对她说，"不能有擦碰。"

"你感觉怎么样？"莎伦问她。

"很好！非常好。"她说。

一切都很好。

"周密的计划将带来成功。"

这是莎伦父亲的座右铭。她听从了他的教诲。她整整忙活了十个月，终于走到这一步。哦，她给弗朗西丝打的那些无趣的电话，她买的数公斤意大利面和酱汁，为扩大弗朗西丝的客户圈所做的推荐。但这一切都是值得的。耐心等待，好事就会降临。

"她是我的，她还一无所知。一切都将终结，升起的太阳，头顶的天空，脚下的道路，一切也将重新开始。就我们两个，只有我们两个。"

她感到热切的渴望，强烈的冲动，想即刻靠边停下，在这铅灰色的天空下立时执行她的计划。但随即，她身体的每一根神经都告诉她，等待更令人兴奋，而且等待得越久，满足感就越强烈。她们驶入高速公路，她踩下了油门，车子就像长了翅膀一样从其他车旁边飞驰而过。今日诸事皆宜。哦，她是何其快乐，在车流中穿梭，超越所有的车，直到她们成为公路上的唯一，漫长而宽阔的公路一直向前延伸。

*

车一直往前开，空旷的公路上一辆车也看不见。她选择的这一天是多么完美，又或许是这一天选择了她，因为就连天空也放晴了，太阳照耀着一望无际的农田，油菜、小麦、大麦都熠熠生辉。

"你超速了。"克莱尔对她说，这样开车令她心慌。

"胡扯！这辆车就是为速度而生。别告诉我你害怕了。"她说。

"没错，我的确害怕。我可不想成为车祸统计上的一个数字。"

克莱尔严肃地说。

"如果我们成为了呢？这样离开，不也挺好？"

"不好，绝对不好。"克莱尔说。

"你真是个胆小鬼。这么容易被吓到。我什么都不怕，你知道的。看到那边的瞭望台了吗？我可以轻而易举地把车全速开到山顶，然后急停在悬崖边。"

这太吓人了。也许莎伦只是在显摆，但她的话里有一种克莱尔以前没有察觉到的邪恶。她看着莎伦。她容光焕发，乌黑的眼睛仿佛在燃烧，那火光叫人捉摸不透。

"看起来她像在寻找刺激。真奇怪，她似乎想惹恼我和她吵架。不可能，我们这是要去度假。她就是这样的人，她只是在找乐子。"

莎伦把手放在克莱尔的膝盖上，捏了一下。

"别担心，我不会为难你的。"她说。

她感觉她的触碰让克莱尔的身体一僵，她看到克莱尔的唇绷紧了，透着一丝抗拒。

"你这个小傻瓜。你以为我是那种取向吗？"她想。

克莱尔舔了舔嘴唇，深吸了一口气，试着理清自己的思绪。

"这一切都不对劲。"车窗外一个个村镇转瞬即逝，看着陌生的风景她想，"我有种不祥的预感。她要么是在炫耀，想打动我，要么就是有什么阴谋。"

"那个女孩很邪恶。"一次德斯在她母亲的店里看见莎伦，曾对她说过。

"你这是在说什么呀！"她曾这样回他。

德斯比她更敏感。他对人的第一印象往往都是对的。自从在大学第一次见到莎伦，他就一直不喜欢她。他告诉克莱尔，今年年初他去参加那个聚会，只是因为有人告诉他克莱尔也受到了邀请。

"我想认识你。我也做到了。"

"在相当不幸的情况下。"她对他说。

也许德斯对莎伦的看法是对的，但克莱尔又能对她做什么呢？毕竟，她们是要去她祖父母的农场，那里还有其他人。克莱尔觉得最好还是放松点，把这些想法从脑子里赶出去，她可不想把还没开始的假期给毁了。

*

"要在下一个村镇喝杯咖啡吗？"莎伦问。

"好吧，我不知道你怎么样，但我真是饿了。"

"每次去农场，我们都会在那里歇一下。那里有个面包房，他们做的奶油面包最棒了。超大。而且他们的咖啡也不赖。"莎伦告诉她。

"奶油面包！小学以后我就没再吃过了。以前我们学校的小卖部也有这种美妙的小面包，我每周五都会买一个。那可是每周的一大乐事。"克莱尔说。

"你上的是什么学校？"

"我家附近的天主教学校。六年级时有个可怕的修女。她个子很高，长着长长的锋利的尖牙。我们都叫她德古拉。她很严格。

热衷于红色批注边线，如果没有画直，那可要当心了。她是个拼写暴君，每周五都有拼写考试。那时奶油小面包就像是来自天堂的礼物。你上的是什么学校？"

"我上的是英国国教学院，从幼儿园直到十二年级。老师们也很严格。总给我们布置一大堆作业。妈妈从没帮过我，我们有一个西班牙女佣，她也帮不上忙。爸爸总是不在家。政客们都不管自己的孩子。他总是谈论那些住在郊区的受苦受难的孩子，以及他们靠失业救济金生活的父母。我常对他说，他们比我幸运。至少他们每天都能见到自己的父亲。"

"那你怎么转来了我们学校？"

莎伦把目光从马路上移开，看着克莱尔。

"妈妈相信你们学校的学生考出来的成绩更好。"她说。

莎伦的手紧握着方向盘，发出一声短促尖锐的笑声。

莎伦刚进学校时，有过传言。但老师们很快就出来辟谣了。传说，她和一名女教师有染，曾被抓到吸毒，还试图与另一名女孩一起自杀，因而被开除。

"这当中如果有任何一条是真的，我们学校肯定不会录取她。"克莱尔想。

"你很幸运，因为我们学校的候补名单总是很长，尤其是十一年级和十二年级。似乎每个人都想进来。"克莱尔说。

"这很容易。是我爸搞定的。学校一直在申请资金建造新艺术中心，有好些年了，学校一录取我，我爸就批了。"

克莱尔心头一紧，挺直了腰。

"不对劲。"克莱尔心想，"真不该听我妈的话。我不该来的。"

为了避开路中间的一个深坑，莎伦一个急转弯，克莱尔伸出手，手套箱弹了开来。莎伦探过身，砰地关上了它。

"锁坏了。我们到了。"她说着，倒车进入面包房对面的停车场，"厕所在那边，如果你想去的话。"

克莱尔走向厕所，思绪一片混乱。手套箱弹开的一刹那，在一堆纸笔中有两件东西引起了她的注意。

"不可能，"她一边往下坐，一边想，"我一定是产生幻觉了。"

*

"咖啡和奶油面包。"莎伦说。

"哦，我要橙汁。你喝咖啡吧。"克莱尔说。

"我一个人喝两杯咖啡？别闹了。"莎伦说着把咖啡推开，对克莱尔的决定表示不满。

在面包房的凉棚下，克莱尔坐在莎伦的对面。她们在一个小镇的主街上，大橡树的树阴下停着屈指可数的几辆车。有六个人陆陆续续地向着不同的商店走去。她们看见对面的理发师正在给一个老妇人卷头发，肉铺老板正站在店门口抽烟。两个年轻女人向她们的方向走来，在面包房门口停了下来。一个推着婴儿车，上面坐着一对双胞胎，另一个打开门，好让婴儿车推进去。

"天哪，她一定都没到十六岁，看看，已经成了一对双胞胎的母亲。"她们关上门后，莎伦说道，声音里透着厌恶。

"也许那并不是她的孩子，她只是在照看他们。"克莱尔说。

"我看不像。"莎伦说，透过玻璃窗盯着那两个女孩。

克莱尔突然拿定了主意。

"莎伦，我不再往前走了。"她看着对方的眼睛说道。

"你这是什么意思？"

"我到此为止。"

"为什么？"

"因为。"克莱尔说着，用手指挤压着奶油面包。

"因为什么？"

"因为我不信任你。"她想说。

她话锋一转，问道："手套箱里装着什么？你不想让我看到。"

"我？不想让你看到什么？"莎伦问，"你到底怎么回事？手套箱里什么也没有。"

"莎伦，手套箱里肯定有什么东西，你不想让我看到。"克莱尔坚持道。

"胡扯。这是车钥匙。你去看一看，然后告诉我，到底有什么是我不想让你看到的。"

*

"所以呢？"克莱尔俯身去查看时，莎伦就站在她的身旁。

除了几张纸和几支笔，手套箱里什么也没有。

"她趁我上厕所时，把它清空了。"克莱尔想道。

现在她真的吓坏了，比以往任何时候都更想离开莎伦。

"莎伦，把我的包给我。"

"你为什么要这样对我？"莎伦问她。

"我对你不会有任何影响。你继续走你的路，但我不走了。"

"好吧，如果你不想去农场，我们现在就回头，我开车送你回墨尔本。"

"不，谢谢。我可以自己回去。"

"但是你看这儿前不着村后不着店。甚至都不在铁路线上，你知道的。"

"我可以叫出租车。"克莱尔丝毫没有动摇。

"什么？花掉一年的薪水？当你明明可以免费乘坐一辆奔驰的时候。"莎伦冷笑道。

"她恨我。"克莱尔想，因为她能感觉到热力从莎伦的皮肤里发散出来，"如果旁边没有人，我敢打赌她一定会大发雷霆，甚至打我。"

"把包给我。"克莱尔说。

时间仿佛静止了，两个人面对面，都是心乱如麻。不，克莱尔不会屈服。她可以一直站下去，直到莎伦把包还给她。

街上空无一人，面包房开始午休，百叶窗都合上了。肉铺老板脱下围裙，锁上店门，开着澳洲皮卡离开了。只有理发师还在忙碌。两个女人坐在烘干机下，现在她正在给一个年轻女人染头发。铅灰色的天空留在了墨尔本，这里的天空一片湛蓝，不见一丝浮云。橡树在路面投下了巨大的圆形阴影，一只黑鹊从街对面的榆树上发出嘹亮的警报。

莎伦把头一甩，打开后车门，把克莱尔的包扔在了人行道上。

"给你。"她恶狠狠地说。

她砰的一声甩上车门，滑进驾驶座，在轮胎的尖叫声中离开了。

*

唯一的公用电话坏了，有人把锡罐拉环塞进了投币口。

克莱尔穿过马路来到理发店，问她是否可以借用电话。

"电话亭在对面，亲爱的。"理发师向着公用电话的方向扬了扬头，告诉她。

"那个坏了。"她说。

"熊孩子。好吧，电话在柜台上。"

电话响到第三声时，德斯拿起了电话。

"德斯，能请你帮我一个大忙吗？你能来接我吗？我实在没法和莎伦一起走下去了。"

"真对不起，我今天早上刚刚把车送去维修，"他说，"要明天才能拿。"

"哦，我该怎么办呢？"她说。

他听出了她声音中的慌张。

"等一下，让我想想。对了，把你的电话号码给我，我安排好了再打给你。"

"谢谢！谢谢你。"她对他说。

她安安静静地坐在柜台对面的等候椅上，包放在两膝之间，等着德斯的回电，努力止住几乎就要滚落的绝望的泪水。是她反应过度？和莎伦待在一起，度过她梦寐以求的假期，难道不是更好吗？啊，她是这样的多疑！也许手套箱里的那两样东西只是她的想象。她母亲总是说她想象力过于丰富。她为什么生性就这么多疑？如果莎伦回来找她，她该怎么办？该和她一起走吗？

　　"没门！"她想。

　　尖锐的电话铃声吓了她一跳。

　　"找你的，亲爱的。"理发师对她说。

　　德斯说他开他父亲的车来接她。

*

　　她坐在理发店外的水泥椅上，面向马路，包放在两脚之间。眼瞅着下午逐渐从慵懒中醒来。校车放下了十几个吵闹的孩子。肉铺老板打开店门，把招牌放在了人行道上。

　　"本周特价。猪肉香肠。汉堡肉饼。猪排。羊羔腿。"

　　理发师拉起了百叶窗，一个年轻人两手插在口袋里，悠闲地走进店里。面包房的门猛地打开，早上为她服务的老妇人对她笑了笑。

　　"还在这儿呢，亲爱的？"

　　"是的，等男朋友来接我。"她说。

　　男朋友？她从没有把德斯当成她的男朋友。她的朋友，是的。

但是，她的男朋友？他们从来没有接过吻，甚至都没有牵过手。然而，她打电话求救的，正是他。

"也许我该说他是我的救命恩人。"她想。

一辆警车和一辆救护车，拉着鸣笛，闪着警灯，呼啸而过，后面跟着一辆拖车。

"这是要赶去哪儿？"面包房的老妇人冲那边点点头说道。

克莱尔买了一杯奶昔和一个烤三明治。莎伦离开以后，她什么也没吃，她的头隐隐作痛。

"早上和你一起坐在奔驰车里的那个女孩，她是斯隆家的人吗？"老妇人问她。

"是的，你认识她？"

"我以前在斯隆家工作。他家的一个儿子从政了。他父母两年前去世，去年他们的地产挂牌出售，报价三百万澳元。你能相信吗？那么多钱。的确，花了一年才卖出去，一个中国财团把它买了下来。除了经理特德·巴克，再没人住在那里了。真可惜！那可是份很大的产业，雇用了很多当地人。我跟你说，澳大利亚很快就要归中国人了。"她边说边从烤架上取下三明治。

"我以为她的祖父母还在农场。"克莱尔说。

"如果你指的是他们的坟墓，那没错，因为他们被埋在了那片土地上。所有斯隆家的人都葬在了那里。过去我常和已故的斯隆夫人一起去清除墓地周围的杂草。自第一代从爱尔兰移民澳大利亚的斯隆开始，直到最近过世的，都葬在那里。那里还埋了一打的婴儿和孩子。我曾为他们感到难过。以前，只有最强健的才能活下来。"

尽管这是一个温暖的下午,克莱尔还是感到一股寒意蔓延全身。为什么莎伦说她的祖父母还住在农场?她为什么撒谎?为什么?

"如果吃下这个三明治,我会吐的。"克莱尔想。

她坐在带条纹的凉棚下,三明治她碰也没碰,她抿了一口冰奶昔,太甜了,她不喜欢。

下午过得很慢。她的头从未有过地抽痛。一阵臆想的剧痛咬啮着她的脚踝。她站了起来,想放松一下紧绷的双腿。一只苍蝇落在了她的三明治上,她伸手一挥,想把它赶跑。她一定是打中了它,因为飞起的苍蝇忽然一头扎进了奶昔。她看着它打转,与泡沫搏斗。

"拜托了,德斯,快一点。"

*

面包房的女人走到门口,但在那里等了一下午的女孩已经走了。幸好她没和那个斯隆家的女孩一起走,那女孩与一辆巨大的谷物收割机迎面相撞,死了。

"我看这是她的幸运日。真不知道是什么让她中途下车。斯隆家的人都有些疯癫。"她边想边擦拭着长凳,已经是那天第十次了。

"这是怎么了?"德斯找到了坐在面包房前面的克莱尔,问道。

看到他，她高兴极了，飞奔过去一把抱住他，在他怀里哭了起来。

他开车把她带去附近的一个公园，等她平复下来，告诉他事情的来龙去脉。克莱尔坐在他身旁，感到无比疲惫，这种疲惫来自一个闲坐着虚度了一整日的旅行者，这种疲惫更甚于一整日繁重的劳作。她靠近他，把头靠在他温暖、慷慨的胸膛上，屏住呼吸，聆听他的心跳。怦，怦，它正跳着。就在那一刻，在她情绪最低落的时候，她意识到，有一件事是肯定的，她知道她信任他，除了她的母亲，她不曾如此信任过任何人。

"你是对的，她很邪恶。"克莱尔说，因为她甚至无法说出莎伦的名字。"也许不是邪恶，而是疯狂。出发时还没有什么。然后，事情就不太对劲了。她语速很快，看上去就像发烧了一样。知道么德斯，她的眼睛有些古怪，她的脸涨得通红，就像在脸颊上画了两个红色的圆圈。她开得很快，一度开到了一百八，我吓坏了。她总是说起死亡，说死亡是件多么好的事情。一开始我以为她喝了酒，但这也太早了，然后我不小心打开了手套箱，里面有一包白色粉末，还有些其他东西。去年我们年级有个女孩自杀了。她是我的一个朋友，珍妮弗。我想你一定在报纸上读到过有关她的新闻。放学回家的路上，她卧轨了。莎伦的手套箱里放着学校为珍妮弗的追悼会制作的小册子。珍妮弗的名字被划掉，换成了我的名字。我敢肯定，我真的看到了我的名字。那是粗粗的黑字。我知道，我只看到了一眼。但我发誓我看到了，这把我吓坏了。后来，当我质问她时，她让我看手套箱，小册子和那包白色粉末都不见了。就在那时，我下定决心，我绝不能和她一起走下去了。"

德斯安静地听着。

"你觉得这一切都是我想象出来的吗？"她问他。

"就算这是你的想象，你做出的选择也是对的。在她身边，我总能觉察到一种不好的气息。"他说。

"还有，她跟我和妈妈说，我们要去她祖父母的农场，在那里我们会见到她的祖父母。她还告诉我妈妈，说她祖母的厨艺多么棒，还说我们要和她祖父一起去骑马。但后来，面包房的那位女士告诉我，她的祖父母两年前就去世了，他们的农场也已经卖掉了。"

德斯摇摇头，紧紧地抱住克莱尔。

"简直疯了。"他说，"她一定是在搞什么鬼。"

"我很高兴你这么认为，因为我已经开始怀疑，这一切都是我编造的。"

"克莱尔，这不是你的想象。来吧，我们回家。"

家。

……

……

毕业以后他们共同组建了一个家。他是她的基石，是她的救命恩人，是她的一切。那一天虽然已经过去很久了，却很难被忘记，因为它造成的后果影响相当久远。

弗朗西丝花了许多年才原谅自己，竟然如此轻易地被一个和她女儿一般大的女孩所诱骗。让自己唯一的孩子置身于那样可怕的险境，她相当自责。

"现在回头看，我才明白她是如何在我身上下功夫的。她如何操纵我，让我觉得自己很重要。这个女孩，一位部长的女儿，来到我的店里，告诉她是多么地喜欢我做的意大利面。你能相信吗？我那么容易就被她的伎俩给弄晕了。"她告诉罗茜。

"哦，是的，我相信你。我见过一些像她这样的人。他们很邪恶，把别人玩弄于股掌之中，通常他们总能得到他们想要的。"

"感谢上帝，克莱尔足够理智，及时止步。每次一想到我的愚蠢曾给她招来的灾祸，我的胃就疼。"

*

在决定性的那一天，克莱尔并没有猜到莎伦的意图。调查发现，莎伦当时吸食了海洛因，警察在她所驾驶的汽车前座下发现了藏在那里的东西。她想要杀死克莱尔的意图只有一个人知道，詹姆斯·理查森。

莎伦和克莱尔去南澳的那一天，他收到了一封信。

詹姆斯：

　今天就是那个日子，今年一月我在派对上和你说起过。

　猜猜谁将是我的同伴？

　甜蜜的可爱的克莱尔，那个不曾向你屈服的克莱尔。

　保重，

永远的莎伦

这封信让他十分困惑，直到他在新闻里看到，她那辆被压扁的奔驰，从一台巨大的收割机下面给拖了出来。

"部长的女儿在车祸中丧生。"记者说道。

他等着克莱尔的名字，但是没有，他冲到外面，抓起晚报，想看看是否提及车里还有其他人。什么也没有！可能吗，她毫发无伤地逃脱了？她是不是没有和莎伦一起去？会不会是媒体为了某种目的而掩盖了车里还有另一个女孩的事实？

他在电话簿里找到了克莱尔妈妈的意大利面店的电话号码，打了电话过去。没人接。

詹姆斯不知道，这天晚上弗朗西丝出门了。她正在罗茜家享用她朋友准备的丰盛的晚餐，电视机和收音机都关着，外面的世界被关在了它该在的地方——外面。

詹姆斯给莎伦的朋友们打电话，他们也都被这个消息给震惊了，却没人知道莎伦的假期计划是什么。几周后的调查猜测，她曾载过一个搭便车的人，警察询问了面包房的女人和理发师，她们都说有个女孩在外面等了一下午，然后离开了。

*

至于弗朗西丝，她那天午夜后回到家，发现一辆陌生的汽车停在屋外，楼上的灯还亮着。

"我走时，楼上没开灯。"她想。

她停好车，操起重重的方向盘锁，打开前门。她把防身的武器当胸举着，穿过商店，朝楼上喊了一声。

"有人吗？"

"妈妈，是我。"

克莱尔，她的睡衣穿反了，靠在栏杆上。

"发生什么事了？"弗朗西丝边爬楼梯边问。

"哦，妈妈，说来话长，"说着紧紧地抱住了她，"我很高兴我回家了。"

"有人在你房间？"她问女儿。

"是的，妈妈。德斯。德斯，我的救命恩人。"说着，她转过身，给了他一个微笑。

五

三十五年。

"你觉得有那么久了吗？"结婚纪念日那天早晨，克莱尔问德斯。

"不。"他抚摸着她的乳房说。

"你知道吗，我现在还能看到你在理发店门口从你爸爸的车里走出来，那种感觉好像只要你一出现，一切就都会好起来。排忧解难先生。"她吻着他说。

"我还记得大学第一天看到你，你走到我身边的座位，把我上下打量了一番，裁定我安全无害，这才把书包放在地上，拿出笔记本和笔。我现在都能看到自己探过身看着你在笔记上画圈圈的样子，你心里好像有什么东西在燃烧。就在那一刻我想，这就是我的女孩。这就是我的女孩。你和我第一次见到时一样美丽。"

他将手放在她的乳房上，用唇蹭着她的脖子，叫醒她那放松的身体，将她引入无法忍受的狂热。他用舌头舔着她的耳朵，她的身体愉悦地一震。这是他们的二人世界，他的温柔、他的激情和他的爱使她神魂颠倒，她的骨头似乎化成了水，她的肌肤像天鹅绒一般柔软、温暖、诱人。

"今天法庭可热闹了。"完事后他告诉她，"外面会有一群疯狂的媒体。"

"为詹姆斯的儿子辩护是什么感觉？"

"就是一份工作。我一向不喜欢詹姆斯。该死，昨天忘记从洗衣店拿衣服了。"

"我在回家的路上拿了。就知道你今天想穿得美美的。"她逗他，"不过说真的，他很幸运没在那边被抓住。否则肯定是死刑。"

詹姆斯·理查森的儿子丹尼尔在墨尔本机场被逮捕了，在他的行李中发现藏有一公斤高纯度的海洛因，据说是从新加坡带来的。德斯是辩护律师团的一员。

"你估计会怎么判？"

"最多三年。如果表现良好，十八个月就出来了。"德斯说。

"他打算怎么辩护？"

"无罪。他坚称是其他人把它塞在他行李里的。他对此一无所知。但是有一公斤这怎么解释？几百克倒还有可能。但是有一公斤这怎么解释？怎么可能。再说，他还有滥用毒品的历史，对女友施暴的前科。当然，媒体已经把他从高中开始所有的黑料都挖了出来，并已经认定他有罪。昨晚新闻里反对党的领袖说该党全心全意地支持詹姆斯和他的家人，你有没有看到他那掩饰不住的得意？对于他们来说这真是天赐良机。他们想在下次选举前除掉詹姆斯，现在他的儿子来帮忙了。"

"你认为他会辞职?"克莱尔问他。

"如果丹尼尔被判有罪,他别无选择。"德斯说着下了床。

"我在希尔顿订了晚餐。八点钟。别忘了。"克莱尔说。

*

达芙妮·科斯塔走出她工作的律师事务所,过马路,穿过半个街区来到法院,她的父亲正在那里为丹尼尔·理查森辩护。通过安检后,她找了个座位在一位记者身旁坐下。她的父亲正站在那里交叉质询发现海洛因的联邦警察。达芙妮露出了微笑,尽管已经五十四岁了,德斯看上去还是很棒。倒不是因为他刻意保持,这得感谢他从他的意大利父母那里继承的好基因。他头发浓密,小腹平坦。德斯既不去健身房也不上健身课,他没这耐心,但他喜欢散步。到处走。闲暇时,他就和母亲一边散步一边聊天。也许这就是他们婚姻成功的原因。

"今天是他们的结婚纪念日。"她想,"出去以后我就给妈妈发短信。"

达芙妮想着,她要当面告诉妈妈这个好消息。最好在她爸妈出去吃晚饭前回去一趟,把这件事告诉他俩。

"他们会高兴的。"她想。

她看着父亲质询那名联邦警察,当对方自相矛盾时,他立刻抓住了破绽。

"我敢打赌,他赢定了。"达芙妮起身离开时想。

弗朗西丝把收音机开得很响,她听力不好。她正站在厨房窗前,给两片黑麦面包涂黄油。

"我永远也不会厌倦这里的景色。"伸手去拿奶酪时她想。

在她二十五层楼的下方,墨尔本延展开去。远处的大海像一条蓝色的丝带,西门大桥就像一个孩子可以用汽车上上下下玩儿几个小时的玩具。植物园是远处一个小小的绿洲,下面棕色的雅拉河蜿蜒着流向威廉斯镇和海湾。

收音机传出了她女婿的声音,把她从白日梦中惊醒。

"警察的证词站不住脚。他们无法提供他们所说的证据。我的当事人从一开始就坚持说他是无辜的,这也是法庭的判决结果。"

她听到尖锐的问题纷纷抛向他,但德斯坚持自己的立场。他重复了这三句话,一个字也没有改。

弗朗西丝急忙跑到厨房的另一边,打开电视,刚好看到德斯走下法院的台阶,詹姆斯·理查森和他的家人都在他的身边。

"我原本百分之一百地相信法庭会判丹尼尔有罪,"弗朗西丝想,"要么他是清白的,要么德斯真是个非常厉害的律师。"

毫无疑问,德斯·科斯塔是詹姆斯·理查森能为儿子找到的最好的律师。他并没有忘记多年前的那个晚上，德斯对他的羞辱。尽管时光荏苒，但詹姆斯那晚的愤怒仍然积压在他的内心深处，不过为了挽救他的政治生涯，他仍然会请德斯为他儿子辩护。德斯·科斯塔是最好的辩护律师，找他是明智之举。

"谢谢。"媒体散去后，詹姆斯说。

德斯点了点头。现在，一切都结束了，他感到疲惫且幻灭，在法庭消耗的所有能量似乎反噬了他，榨干了他，现在他唯一想做的就是回办公室，拿电脑，走回家。走一段很长的路回家应该会有效，他想。这将有助于理清他乱作一团的情绪，詹姆斯·理查森的那张脸总会让他感到恶心。虽然他接下了他儿子的案子，并尽了全力来打赢这场官司，但现在这一切都结束了，他感觉自己像是被掏空了。他们并肩走向詹姆斯停车的地方，詹姆斯的妻子走在他身旁，表情僵硬难以琢磨，儿子靠在她身边，和父亲离得远远的。

"稍等一下。"詹姆斯对德斯说。他转向妻子，把车钥匙交给她。"在车里等我。"他对她说。

詹姆斯一直等到妻子和儿子走出了视线，这才把手伸进西服左胸的口袋，掏出一个泛黄的信封。

"这东西我已经保存了三十多年。莎伦·斯隆死的那天晚上，我去了她家，在她的卧室里发现了这个。我也不知道自己为什么要保存它。等你读完这封信，你就会知道你的妻子有多幸运。"说着，他把信封递给德斯。

"你不必告诉我这些。我已经知道她有多幸运。"德斯说着，推开了信封。

"你知道么，这一切都是莎伦策划的。"詹姆斯说。

"我真的不想知道。"德斯边说，边把双手别到了背后，仿佛碰一下那信封都会弄脏他似的，"再见，詹姆斯，顺便说一下，下次你需要律师，我建议你找其他律师事务所。"

*

"快看，你爸爸在电视上。"和达芙妮一起工作的本说，他从办公室的咖啡机上打了杯咖啡递给达芙妮。

达芙妮放下手中的工作，抬头一看，她的父亲正走下法院的台阶。

"天哪，他看起来好严肃。"她说。

"可他打赢了官司。"

"他讨厌媒体的狂轰滥炸。"达芙妮说，"这令他心情不佳。"

达芙妮拿起手机，"祝贺你，爸爸。你的招牌式微笑去哪儿了？"她发出短信。

"谢谢。丢在法庭上了。"几秒钟后回信来了。

*

德斯往家走时，满脑子都是詹姆斯·理查森刚刚告诉他的事。此时克莱尔正在科林斯街一家高级服装店的试衣间里，她得为今晚的约会选件衣服。面料柔软，剪裁完美。非常合身。她脱下连衣裙，换上另一件。不同的样式，同样柔软的面料，很可爱。拿哪一件呢？她实在没法决定！

"要是达芙妮在这儿就好了。"她想。

"可以帮我保留一个小时吗？我想让我女儿过来帮我参谋一下。"她对售货员说。

她发短信给达芙妮，看她是否能过来，帮她拿个主意。

*

达芙妮下班后走去商店。

"我真是没法决定。两件我都喜欢，但是这么贵的价格，我又不能两件都买。"克莱尔一见到达芙妮就对她说。

"妈妈，它们穿在你身上都很漂亮。两个都要。"

"我不能。"她说。

"你太像外婆了，"达芙妮对她说，"和她一个样。除非精打细算，否则就没法开心。"

"我才不是呢。"克莱尔说。

达芙妮拿起两件衣服，走向柜台。

"两件都要。"她说。

过后，她们坐在一家咖啡馆里，旁边的椅子上放着购物袋。

"我真觉得不该花那么多钱。"克莱尔说。

"妈妈！"达芙妮发出警告，"你在电视上看到爸爸了吗？"

"我看到了。他一脸的沮丧，倒像是输了官司。"克莱尔笑着说。

"和我在办公室对本说的一模一样。妈，我有个新闻差点忘了告诉你。"达芙妮说。

"什么新闻？"

"是这样，今天早上，高级合伙人罗尔斯顿先生把我叫去他的办公室。出啥事了？我想。你知道的，他超级严肃。好吧，他笑了。他真的笑了，还叫我坐下。妈，你知道吗？我今年年初写的那篇关于婚姻法的论文，在法律杂志上发表了。公司派我去塞浦路斯的一个论坛上介绍这篇论文。所有费用公司报销。整整三天，妈，你能相信吗？"

"塞浦路斯？为什么是塞浦路斯？"

"我不知道。我说好的，然后我问是否可以再休几天年假，奇迹出现了，他居然说可以。"

克莱尔高兴地笑了。

"你这机灵姑娘，你呀，"她说，"你可能最后还是要读博士的。"

这个评论达芙妮只当没听到。

"我想塞浦路斯离马耳他那么近，我可以去那里待几天，探探路。我还没有告诉外婆，但我知道她会高兴的。"

"对此我表示怀疑。我总觉得她对那个地方讳莫如深。当然啦，她是战后离开那里的，根据我在电视上看到的和在书里读到的，她离开时，那里大概很是破败。但那已经是五十多年前了，现在变化一定很大。我妈恐怕还活在过去。现在她再也不想去那儿了。再说，她那么喜欢她在昆士兰的度假公寓，其他哪儿也不想去。不管那些了，论坛是什么时候？"

"三个星期以后，我都没什么可穿的。"达芙妮说。

"和一群律师开会？只要准备一套像样的西装和半打衬衫就行了。"她说，眼睛里闪着狡黠的光。

"我在想，你能不能借我一件礼服，去参加他们的晚会。"

"所以你才让我买了两件？"她微笑着问。

"被你说中了。"达芙妮对她说。

第三部

六

在达芙妮看来，这次论坛纯属浪费时间。是的，她见了很多人，有些很迷人，但大多数都相当无聊。如果说她曾经想过离开律师事务所，进入神圣的学术殿堂，参加像这样的学术论坛，那么此刻她立即打消了这个念头。主旨演讲由一位意大利律师发表，他的英语听起来相当费劲，叫人丝毫也提不起兴趣。她的演讲被安排在第二天，她是当天最后一个发言人，只剩下了十五名听众，感到失望的同时倒也是种解脱。到了第三天，大家都听腻了长篇大论，只盼着早点飞回家。

达芙妮在拉纳卡的小机场待了两个小时等候飞往马耳他的飞机，她的包里塞满了世界各地律师事务所的宣传册。能让她两眼放光，或者感到有趣的人，她一个也没遇到，她觉得这是在浪费钱，幸好不用她自己掏腰包。

她看了看周围候机的人。晒伤了的女人和挺着肚子的男人。看不到一张有吸引力的脸。

"别这样，达芙妮，"她暗暗自我批评，"看看那个年轻的女孩，那难道不是你见过的最美的眼睛吗？"

"没错，但是看看她嚼口香糖的样子。真恶心。"她想。

马耳他是热。比塞浦路斯还热。而且漫天尘土。搭出租车去旅馆的路上，红色的沙尘围着他们打转。

"总是这么多灰吗？"她问出租车司机。

"不，小姐，我们正在遭遇一场沙尘暴，已经持续三天了。我的妻子掸尘都快掸疯了。她刚弄干净，尘土就又回来了。我跟她说，别弄了，等沙尘暴过去吧。但她就是不听。她觉得她能战胜它。"他摇着头对她说。

"从英国来？"他问她。

"不，澳大利亚。"

"我所有的叔叔都在那里。"

"在哪个州？"

"说实话，我也不知道。他们去那里已经很多年了。"

"我的外婆是马耳他人。"她说。

"她是在哪里出生的？"

"她告诉过我她们生活的地方，让我看看。"达芙妮说着从口袋里掏出一张纸，"我的发音可能不对。贝尔特-塔夫。对吗？"她问。

"比尔特-塔夫。"他纠正道。

"他们曾在那里拥有一家甜品店。但那已经是很久以前的事了。她猜想时至今日，她所有的亲戚一定都已经过世了。"

"那可不好说，小姐。有些人能活很久的。"

一辆卡车忽然逼了过来，他连忙转向。

"以前在比尔特－塔夫有一间很大的甜品店。名叫维斯孔蒂，雇了很多人。我父母婚礼上的糕点就是他们做的。妈妈，愿她安息，她曾经告诉我，他们做的蛋糕是马耳他最好的，当然也不便宜。"

"那家甜品店还在那儿吗？"

"我不知道，小姐，我不住在那一带。"

*

"房子一定还在那儿，"临行前外婆告诉她，"那是 55 号，但我不记得街道的名字了。它就在教区教堂的后面。你真的要去吗？我跟你说，那真没什么特别的。你不要失望。"

"外婆，怎么好像你就不想让我找到它似的。"

"别傻了。那真是间很小的房子，没有什么特别的。"

"那它是什么样子的？"

"一边是黑通通的厨房，另一边是我外婆的卧室。对面有个大房间，里面堆满了杂物。我觉得那里以前可能是马厩之类的。楼上有三个房间，再上一层楼屋顶下面还有一个房间。冬天冰冷，夏天火热，那是我的卧室。另外有个花园。我印象最深的就是花园。记忆中我们大部分时间都是在那里度过的。"

"那房子里有你美好的回忆吗？"

"亲爱的，那是很久以前的事了。当然是有的。"

"想我给你带点什么回来吗？"

"不，亲爱的，平平安安地回家就行了。"

*

这一天她终于走在了她外婆多年前走过的街道上。达芙妮找到了教堂广场，广场的一角真有家甜品店。贝蒂蛋糕。一排排的货架上摆满了各式各样的蛋糕和饼干。

"以前我外婆家在这附近开过一家甜品店，"她对柜台后面的女士说，"我来这里寻找她的家人。"

"她叫什么名字？"

"弗朗西丝·阿塔尔德。"达芙妮说。

"不对，五年前我是从查理·布里法那里买的这家店。他们家经营这家店已经很多年了。"

"这附近还有其他甜品店吗？"

"据我所知没有了。"那妇人说。

她抬头看了看街对面的酒吧。

"看到那边独自坐着的老人家吗？这家店以前是他的。他能给你更多的信息。等一下，我带你过去问问他。"

达芙妮在一边看着，他们俩快速地、大声地用一种她听不懂的语言交谈着。

"小姐，他说，他父亲从一个人手中买下了这家店，那个人在比尔特–塔夫的另一边买了另一家店。他说里古·萨马特可以告诉你关于他们的情况。"

"我上哪儿能找到他?"

"看到那边那条街了吗?"女人指着右手边一条狭窄的街道说。"沿着那条街走,过了乔酒吧右转,一直走到那条街的尽头,然后左转。你不会走过头的。那是最后一间房子。如果你迷路了,就向人打听里古。这里的人都认识他。你等一下。"她说着叫住了一个路过的女人,"塞拉菲娜,这位女士要找里古。你也住在那一带,能把她带过去吗?""好了,"她对达芙妮说,"忘记那些方向,塞拉菲娜会带你过去的。"

*

"从英国来?"塞拉菲娜问她。

"不,澳大利亚。"达芙妮答道。

塞拉菲娜停下脚步看着她。

"我是在澳大利亚出生的。"她说。

"是吗?哪里?"

"悉尼。我八岁那年,随我妈回来这里。我再也没有去过那里。"她说。

"你想回去吗?"

"哦,是的!但路费太贵了。我在澳大利亚有很美好的回忆。学校什么的。刚回马耳他的时候我很难过。一直哭,我非常想念我的朋友。这里一切都不一样。但我又能怎么办呢？我那时还很小。后来我长大了，结婚了，有了四个孩子，再也没有搬过家。"

"你的母亲为什么会回来？"

塞拉菲娜眯起眼睛，目视前方。

"我的外婆病得很重，母亲回来照顾她。后来外婆死了，我们留了下来。"

"我们到了。那是里古的房子，看，55 号。去敲门吧，他在家的。"

*

里古·萨马特，矮矮胖胖。

"他大概七十岁。"达芙妮想。

他长着浓密的黑发，棕色的眼睛，眼皮上的两道眉毛，仿佛盖在房子上的茅草屋顶。

"早上好，"她笑着说，"我找里古。"

"有什么可以效劳的吗？"他站在门口问她。

"嗯，我想向您打听一下您家以前在这里开的一家甜品店。"

"谢天谢地！有那么一瞬间，我还以为你是那种顶着烈日走街串巷，劝别人改变信仰的疯子呢。进来吧。"说着，他敞开了大门。

从走廊里，她就能看到外婆提起过的那个花园。里古把她领进一间侧屋，四壁都是书，他让她坐在一张桌子旁，桌上堆着些文书。

"先告诉我，你是谁。"他说。

她坐得笔直，像个进了考场的学生，她看着老人，不知道自己贸然来访，打乱他的生活，这样做到底对不对。

"我叫达芙妮，达芙妮·科斯塔，我是澳大利亚人。"她说，"我的外婆总说，她是一个甜品师的女儿，他们曾有一间甜品店，一间很大的甜品店就在这附近。甜品店的女士告诉我，她的店以前是你们家的。我想知道我外婆说的甜品店是不是就是这一家。我只是想拍几张照片带回去给我外婆。"

"你外婆叫什么名字？"

"弗朗西丝·阿塔尔德。"她答道。

"你是说弗朗西丝·韦拉？"他问她。

"不，是阿塔尔德。"

"我说的弗朗西丝，是我的姐姐，她很久以前失踪了。让我想想，大约五十四年前在悉尼失踪的。"

"我外婆从没去过悉尼，而且她现在还健在。"达芙妮说，"所以我们说的一定是两个不同的人。"

"也许是，也许不是。我说的弗朗西丝嫁给了弗兰克·韦拉。"

"我外婆总说她是个单亲妈妈，从未结过婚。"

"那我们说的不是同一个人，因为弗朗西丝嫁给了一位住在澳大利亚的邻居，他姓韦拉。"

"阿塔尔德是她的娘家姓吗？她的娘家姓是什么？"

"真奇怪，我居然不知道，我本该知道的。我知道她父亲叫罗伯特，她很小的时候他就去世了。她母亲利西娅嫁给了我父亲。

如果我父亲在娶我母亲时收养了她，那她就该姓萨马特，但我从没听说他收养她。我知道利西娅的娘家姓是维斯孔蒂，因为古迪塔嫁给了一个意大利人，这也是甜品店名字的来由。"

"谁是古迪塔？"达芙妮问道。

"她是弗朗西丝的外婆。"

"也是你的吗？"

"不，我是弗朗西丝所说的布谷鸟。你知道布谷鸟会做什么吗？"

达芙妮点点头。

"我猜在你们澳大利亚有布谷鸟，是吗？"

"不，我们那里没有。"她说。

"我就是只布谷鸟。"他说，眼里闪着快乐的光芒，"哎呀，我怎么这么健忘。我正打算给自己煮点咖啡。你想来点吗？"

"是的，谢谢。"她说。

"如果你有兴趣，可以翻翻我的书。"他说。

*

达芙妮在屋里转了转，房间的四壁是塞得满满当当的书架。有好几种不同语言的书。除了欧洲语言、阿拉伯文、希腊文，还有一些她猜是希伯来文。有一个架子上都是用英文写的历史书，书脊上署着作者的名字——恩里科·萨马特。她从中抽出一本，封底上里古的脸正冲着她微笑。

"恩里科·萨马特，历史学教授，研究员和作家。研究地中海历史，著有二十本书和多篇论文，其中很多被译成意大利语、法语、德语和西班牙语。特别研究领域：十六世纪早期的马耳他和西西里历史。"她读道。

"是个学者。"她想。

里古端着一盘饼干和两杯咖啡回来了。

"您的书真是包罗万象！"

"哦，是啊，储藏室里还有几箱呢。事实上，今天下午有个木匠应该过来，在那边再搭几个架子，但他到现在还没来。"

"这里有牛奶和糖，请自便。"他对她说，"我是历史学家，主攻古代史，曾就读于剑桥、帕多瓦和雅典。你是做什么的？"

"我是律师。提供家庭法和仲裁咨询。我去塞浦路斯的一个论坛发表论文，马耳他离得很近，所以我请了几天假来这里看看。"

"律师，嗯！"他微笑着说，"利西娅会喜欢的。家里有个律师！她另外两个孩子都早早辍学，孙辈也没有一个上大学的，这令她很失望。而我，窝里的布谷鸟，却离开书就活不下去，我一定很招她烦。"

"利西娅是谁？"

"如果你说的弗朗西丝和我说的弗朗西丝是同一个人，那么利西娅就是你的外曾祖母了。"

"她是个怎样的人？"

"利西娅？勤劳，但尖刻。她恨自己无法和弗朗西丝相处，她恨我父亲硬把我塞给她，然后把家产全输光后就走了。她死时充满仇恨。不说这个了。让我看看我说的弗朗西丝到底是不是你的外婆。"

他走到一个架子前，拿出一个硬纸盒，放在他俩中间的桌子上。

"我已经很多年没看过这里面的东西了。让我们看看能找到什么。"说着他揭开了盖子。

他把东西都倒在桌上，把盒子拿开，在文件和照片中找寻。

"这儿，这是我仅有的一张弗朗西丝的照片。"说着，他向她展示了一张照片，一个新娘独自站在花园背景前。"她就是你要找的弗朗西丝吗？"

达芙妮仔细端详这个年轻女人的脸。她是多么的年轻，多么的美丽！眼神中流露出孩子般的天真无邪，但在白色婚纱下却是一个成熟女性的身体。她那双棕色的大眼睛径直盯着她，嘴角挂着一丝胜利的微笑，仿佛在说："我成功了。"

"是的，这肯定是我外婆。"达芙妮说，"但她的丈夫在哪里？"

"弗朗西丝是通过代理人结婚的。当时弗兰克已经去澳大利亚好几年了。我有一张弗兰克的照片，在哪儿来着？"他自言自语道。

"这里。"说着他递给她一张年轻人的护照照片。"她走后几年，我在楼上弗朗西丝的房间里她的一本书中发现了这张照片。这就是她嫁的男人。"

达芙妮盯着他瞧，薄薄的嘴唇，小小的眼睛，浓密的黑发和长长的鬓角。

"这就是我外公？"她问。

"是的，谢天谢地，你和他长得一点也不像。"他轻笑着说，"韦拉家的人没有一个样貌出众的。吃块饼干吧，亲爱的。"

达芙妮伸手取了一块，心乱如麻。

"他出了什么事？"

"他是被谋杀的。"里古字斟句酌地告诉她。

"什么？你是说谋杀。怎么回事？"达芙妮震惊地问。

"是的，他、他的姐夫还有另外两个人。我不知道其他人是怎么被杀的，但弗兰克是后脑中枪，然后被扔进了海里。报纸上有一小段关于他的报道。"

"这是什么时候的事？"

"我有份剪报。让我找找。在这儿。"他说着递给她一张剪报。

"可这是马耳他语。我看不懂。"她说。

"看到标题了吗？上面说，来自巴尔曼的弗兰克·韦拉和他的姐夫杰克·斯皮泰里在悉尼被谋杀。我相信这在互联网上都能找到。他可怜的母亲听到这个消息后一病不起。弗兰克的姐姐杰玛在丈夫被杀后，带着女儿从悉尼回来。你还记得那个把你带过来的女人吗？塞拉菲娜？她就是杰克的女儿，也就是弗兰克的侄女。她母亲把她带回来时，她还是个小女孩。既然弗兰克是你的外公，那她和你也是亲戚。"里古告诉她，"这一切都是因为不法交易。等一下。我还有些剪报。"说着他又在故纸堆中寻找起来。"当时有场针对警察腐败的大调查。我记得我读到过。亲爱的，那时发生了各种可怕的事情：贩毒、洗钱，当然还有卖淫。弗兰克和杰克都参与了。"

"这就是外婆改名换姓的原因?"

"很明显,她想消失,她也做到了。弗兰克和杰克的死讯传来时,古迪塔和利西娅都快急疯了。她们甚至跑去找主教,看他是否能帮忙找到她。但石沉大海!音讯全无。在那之前弗朗西丝会定期写信回来,事实上,我这儿还有一捆她的信呢。在这儿。"说着他拿起一捆用橡皮筋绑着的蓝色航空信,挥舞着。"她寄来的信都在这儿。古迪塔全都留着。利西娅死后我找到的。后来信就断了。就这样!一个字也没有了。起初古迪塔以为她也被谋杀了,但在她内心深处总还是抱有一线希望,希望她还活着。她常说,如果弗朗西丝真的死了,她应该能感觉到弗朗西丝的灵魂。古迪塔相信超自然的力量。她心碎而死,死时还念叨着外孙女的名字。她爱那个女孩。给你。我就知道我有古迪塔的照片。"说着他递给达芙妮一张黑白照片。

"她神情十分坚定。"达芙妮说。

"是的。是位非常坚毅的女人。甜品生意是她一手打造起来的。有一段时间,她的面包房二十四小时连轴转。她甚至还为州长家烤过蛋糕。她赚了很多钱。"

达芙妮盯着那个女人。她站在一张软垫椅子旁,手轻触椅背,直视镜头,一副挑衅的表情,好像在说:"对,这就是我。接受真实的我。"

"我外婆总是提起她。外婆爱她。我很想知道她的故事。"

"她这一生不容易。孤儿寡母,干了一辈子的活儿。但我知道，她和弗朗西丝相处得很好。我从没想过弗朗西丝会离开马耳他，因为我确信她不愿和外婆分开。但她和她母亲总是吵架。她恨她母亲嫁给我父亲，给他生孩子。弗朗西丝恨我的父亲，也受不了她同母异父的弟妹。直到现在我还能听到利西娅和她在这房子里互相叫骂。弗朗西丝总是叫道：'我恨不得现在就走。'她做到了。当然她并不清楚弗兰克在澳大利亚干的是什么营生。她显然一点也不知道。弗兰克经常给他母亲寄很多钱，而弗朗西丝以前常去看他母亲，帮她写信，她一定认为他是个慷慨的人，也从没怀疑过这些钱是从哪里来的。但是结果呢。她犯了个大错。"

里古又找到些照片，递给达芙妮。

"这儿，这些是利西娅的照片。这是利西娅。看到没？她年轻时有多优雅。"

在一家商店门前，两名年轻女子搂着彼此，对着镜头笑得很开心。

"这张照片是她去纽约时拍的。看到她身后的面包房了吗？上面写着'博格和维斯孔蒂面包房'"。

"和她一起的那个女人是谁？"

"那是伊内兹。是个邻居，利西娅出生后，是她来照顾的。战后伊内兹和她丈夫去了纽约。看到他们身后的面包房了吗？这间面包房的股份有一半是古迪塔的，可以分得 1% 的利润。我去过那儿，让我想想，那是一九六五年，伊内兹的孙辈还在那里工作。"

"那里还是面包房吗？"达芙妮问道。

"不，现在是家很成功的熟食店，而且我们仍然拥有一半的股权。古迪塔很有远见。这么多年过去了，她的曾孙辈依然可以分得 1% 的利润。"

里古指着下一张照片。

"这是利西娅和我父亲的结婚照。"他说，"那是我的父亲，亨利·萨马特。你也看得出，他比利西娅年长。那时利西娅已经有弗朗西丝了。"

这张照片的背景是一个彩绘拱门，上面攀着玫瑰。利西娅穿了件高领酒红色连衣裙，头发盘起。

"哇！她戴了好多的金饰啊！"

"噢，是的，利西娅喜欢金饰。古迪塔总去金匠那里。不幸的是，你看到的利西娅身上所有的金子都被亨利用来还赌债了。他是个赌徒，把她的家财输得精光。"里古严肃地说。

"这张照片是利西娅还有她与我父亲生的两个孩子：丽贝卡和托马斯。他们当时就站在这外面的花园里。"他指着走廊尽头的花园说，"那是我父亲离开后拍的。"

"非常好看的孩子。"达芙妮说，"这是我外婆同母异父的弟妹。你呢？你跑到哪里去了？"

里古在故纸堆里翻腾，嘟囔着是该收拾一下这堆东西了。

"你知道，亲爱的，作为一个讨厌杂乱的学者，我对私人物品的确有些马虎。我记得放在这儿的。"

"你在找什么？"她问他。

"我妈妈的照片，"说话间他眼也没抬，"啊，在这儿。我就知道我会找到它的。我母亲是名歌剧演员。女高音。我之所以知道

　　　甜品店的女儿们

这些，是因为我在开罗做研究时，去了趟亚历山大港寻找她的坟墓，在那里我遇到了我的舅舅和舅妈。他们告诉了我一切，我父亲是如何地迷恋她，夜不能寐，整夜都守在她的窗下，还有当她偷偷溜出去找他时，她的父亲曾是多么生气。"

"她可真美！"达芙妮说。

照片上的年轻女子二十多岁，身着华服。她美丽的嘴唇画成当时流行的丘比特弓形，蓬松的鬈发衬着她的脸庞。

"她太美了！"达芙妮重复道，因为她无法挪开自己的目光。

"是的，认识她的人都这么告诉我。她是个美人。"

达芙妮翻过照片："阿德里安娜·梅扎卢纳，《波希米亚人》，一九四一年十二月二十日，亚历山大港。"她读道。

"那么他们的故事是怎样的？"达芙妮问道。

"战争开始后，我父亲被流放到亚历山大港。众所周知他对意大利非常忠诚。就是在那里他遇见了我的母亲，彼此相爱，然后我就出生了。我四岁时，妈妈去世了，我舅舅把我送到了马耳他，因为这是妈妈的遗愿。她希望我由父亲抚养长大。我舅舅告诉我，对于她的决定他很难过，因为他本想把我抚养成人。他对她说亚历山大港是我的家，他会像对亲生儿子一样对待我。当我告诉他，亨利在马耳他已经结婚并有孩子时，他非常惊讶。他说，如果早知道，他绝不会把我送去马耳他。你知道么，他问我我的童年是否快乐。我能说什么呢？他已经是一个老人了，如果我告诉他利西娅有多厌恶我，他会很伤心的。只有弗朗西丝和古迪塔在某种程度上顾惜我。尽管也许弗朗西丝照顾我，是为了气她母亲，但古迪塔是真心喜欢我，即便她非常憎恶我的父亲，因为他给她们带来了那么多的伤害。弗朗西丝喜欢读书，她常带我去她房间。你走之前我带你去看看。她会把她买的书读给我听。我躺在她床上，她一读就是几个小时，直到利西娅开始嚷嚷，说她浪费电，还会毁了她的眼睛。"

"你还记得你母亲吗？"

"我对她只有一个模糊的记忆。这听起来很怪，但我记得她仰起头，冲着我笑。我当时一定很小，因为我必须拖过一把椅子才能爬上她的梳妆台，我找到她的口红，然后用它涂满了我的脸。那是我对她唯一的记忆，而这是我唯一一张她的照片。那次见到我舅舅时，他告诉我，当他把我送走时，他把这张照片放在了我的手提箱里。真奇怪，利西娅居然没有把它给撕了，因为她讨厌我拥有的一切。"

"所以，如果我没理解错，利西娅养大了她丈夫的儿子。"

"他的私生子。"里古纠正道，"我的存在不断提醒着她她丈夫的不忠。难怪她从不喜欢我。后来亨利把他们的一切全输光了，我们只好搬来这里和古迪塔同住，我又成了她必须承担的额外负担。"

"他是个赌徒吗？"

"哦，是的，绝对是。古迪塔替他还了好几次债，但是后来她也承担不起了。我清楚地记得那天他的债主们上门，把我们的东西都搬走了。他们只给我们留下了餐桌、四把椅子和床。他们甚至拿走了我们的床上用品。利西娅羞愧不已，弗朗西丝气得脸色铁青。"

"这事发生时我外婆多大？"她问。

"十三，十四，也许十五，不会更大了。"里古说。

"难怪她恨亨利，想离家出走。哇！一个怎样的故事啊！我的头都晕了。"

"我带你上楼，带你去看看弗朗西丝的房间。它还是原来的样子，因为古迪塔不让任何人碰它。她总希望弗朗西丝还能回家。我也没做丝毫的改变。我也喜欢这样。于我而言，那个房间里有许多美好的回忆。说实话，我很少爬两层楼。我雇了一个清洁女工，她每周来一次收拾房间，清洗地板，我对此很满意。"

*

达芙妮走在他身侧爬上了第一层楼。宽大的石阶被擦得很干净，因为没有扶手，老年人很难爬上去。

"这房子有多老了？"当他们爬上第一个平台，从开阔的窗口往外望时，她问他。

"大约四百年了。建于马耳他骑士团时代，古迪塔是从原主人的子孙手中买下的。我会知道这些，是因为我对它的历史很感兴趣，做了些调查研究。它是由一个西班牙移民家庭建造的。看到这窗户还有其他门上面的拱形了吗？西班牙风格。楼下则完全不同。我的书房以前是马厩，屋后是厨房。利西娅把楼下做了现代化的翻新。老实说，她干得不怎么样。她本应保留一些西班牙风格，比如锻铁窗。嗯，她以为自己很时髦，把老东西全拆了，换上的都是垃圾。"他轻蔑地说。

他们走上第二层楼梯，这层更窄，也更陡。第二层平台的窗户较小，达芙妮静静地站着，欣赏着窗外的景色。

"我的相机在楼下。我想从这里拍张照片。"

"我在这儿等你。你去拿吧。"他对她说。

拍过几张照片以后，里古打开了弗朗西丝卧室的门。

"哦，这就是她的房间！外婆总是说她冬天被冻僵，夏天被煮熟。"迈进房间她说道。

里古打开俯瞰花园的小窗户，把窗帘拉到一边。弗朗西丝的床盖着黄色的床罩，一侧放着一架子的书。达芙妮俯下身来看书名：《小妇人》《战争与和平》《詹达堡的囚徒》《大卫·科波菲尔》。

"她把大部分书都带去澳大利亚了。只留下了这两架子。我常常躺在床上靠墙的那一边，而她坐在床边读书，头上面正好是灯。你知道么，是她把我引向了书本，让我和她一样爱它们。当她离开时，我很难过。"他的语气中带着悲伤。

达芙妮看着他，因为这是他第一次流露自己的情感。

"你一定很想念她。"她说。

"哦，是的，非常想念，而且持续了很长一段时间。"

"你可以带一些书回去，如果你想的话。"他补充道。

"《小妇人》怎么样？"

"她总说那是她老师给她的第一本书。你看，这里还有她手写的铅笔批注。"

达芙妮把书紧紧地抱在胸前。外婆的一生是怎样的啊！足足三重人生，而她只知道其中很小一部分，那是弗朗西丝示于人前的一部分。她在悉尼的日子是最大的谜团，因为她从未提及她曾在那里生活，更不用说透露她在那里的经历了。

"你介意我再给房子拍几张照片吗？这是间美丽的房子。我喜欢这地面的瓷砖，还有窗户的设计，可以看到四周的一切。"她对他说。

"地砖保持了原貌。谢天谢地，利西娅想装修这层楼时，钱花光了，否则又是一场灾难。古迪塔本打算把这房子留给你的外婆。"里古说。

"真的吗？"

"是的，还有纽约面包房一半股份和1%的利润，我告诉你，那可是一大笔钱。但是七年过去了，依然没有弗朗西丝的一丝音讯，古迪塔修改了遗嘱。你要知道，她不想这么做，但她知道，如果不这么做，等她死后就会有麻烦。我没想到的是，她把这房子留给了我。她知道我爱这房子，也会照顾好这房子，她把其余的都留给了利西娅和她的孩子们。古迪塔死后宣读遗嘱时，利西娅是最失望的那个，但她也无可奈何。"他笑着说。

"好了，亲爱的，我们下楼去吧，我带你去看看花园。"他说。

*

他们静静地站在台阶上，望着眼前的花园。温暖的午后，风暴留下的灰尘已经散尽。万里无云。达芙妮转过头，看着身边人，露出灿烂的微笑。他一直看着她的脸，观察着她的反应。高高的葡萄架给这个小院子带来了阴凉，黑色的葡萄枝垂了下来，触手可及。院子外面那两条垂直相交的小路，把花园分成了四个大方块。达芙妮顺着中间的路往下走，高大的柑橘树，后墙上瀑布般垂下的红色三角梅，还有这一地的鲜花和香草，令她目不暇接。

"完美的地中海式花园！知道么，在墨尔本，我们试着打造这样的花园，但从来无法像这样完美。"她边说边给吸引住她目光的每一处拍照。"我可以拍张您的照片吗？"她问他。

他站在一株硕大的白色绣球花前，露出微笑。

"现在我给你拍一张吧。"他说。

"你是怎么把这花园打理得这么好的？"她问他。

"不是我！我有一个园丁，任何时候他想来就来。古迪塔和利西娅都很爱这个花园，这里一直都有园丁照料。看到那边那些石榴了吗？"他指着三棵硕果累累的大树说，"这还是古迪塔那会儿种下的。那些橘树和柠檬树买房子的时候就在这儿了。不过那个方块里的橙子树，看到了吗？"他指着被种在方形四角里的四棵橙子树说，"它们是血橙，利西娅那会儿种下的。"

"你呢？你都种了些什么？"达芙妮问他。

"尽是些没用的东西，我的园丁说的。绣球和吊钟海棠，它们不适应这里的气候。它们喜阴，需要大量的水。"

回屋的路上，达芙妮弯腰摘下一片罗勒叶，用手指捏碎。炎热的午后，它的气味令人陶醉。

"我喜欢罗勒。我在什么地方读到过，它是一种使人精神振奋的草药。你的罗勒是宽叶，我种在阳台花盆里的那种是窄叶，长得很慢。看看它们在这儿，长得多恣意。"她说。

"那是当然，罗勒、百里香、牛至都是地中海植物。这个时节你如果去乡间散步，会看到野生的牛至和百里香。现在我来弄点喝的犒劳我们一下。"

"需要帮忙吗？"她问他。

"不用，亲爱的，我调些香蒂酒。你喜欢吗？通常每天的这个时候我会给自己调一杯。希望你会喜欢我的配方。"他说。

"我什么都乐意尝一尝。"她对他说。

里古回来时端着一盘小杏仁蛋糕和两个细长的玻璃杯，放在桌子上。他拾掇起那些文件和照片，放回原来的盒子，盖上盖子。

"总有一天我会整理它们的，不过眼下还是先这么放着吧。"说着他把盒子放回架子上。

*

"现在告诉我，亲爱的，在这里听到的一切，你打算怎么处理？在我看来，很明显，这些信息很是出乎你的意料。我知道，你是一名律师，我敢肯定你的法律意识正在权衡掂量这些话可能带来的后果。"

"你说的没错。在我看来，很明显，我的外婆不想让我妈妈或者我知道这些事。在我内心深处，我认为她有权对我们隐瞒。也许当你告诉我这些事时，我本该阻止你，可同时，我又十分着迷，非常好奇，想知道你所知道的一切。听着你的讲述，我不禁想象当时的她会是什么样，离开家人的庇护，孤身来到一个大都市，忽然发现自己正处于腐败漩涡的中心。好不容易安顿下来，又迫不得已离开悉尼，在墨尔本开始全新的生活。我妈妈在墨尔本出生，所以外婆离开悉尼时一定已经怀了她。我讶异于她是如何保守身份的秘密，开创自己的事业，并成了一名非常成功的女性。我认为，我的外婆一生辛劳，现在她应该享受这剩下的岁月，而不必向我们解释她曾做过什么，以及为什么那么做。告诉她这些她不想我知道的事情，不是我回家后该做的事情。"

"好极了！"他边说边举杯向她致意，"作为一名历史学家，我遇到过很多类似的故事。根据我的经验，有些故事需要讲出来，但还有许多故事需要先存起来，等到合适的时机才能讲出来。也许有一天，时机到了，你可以把在这里听到的一切告诉你母亲。但在那之前，先把它存起来。你见到弗朗西丝时，打算对她说些什么？"

"我会告诉她我遇见了你，你带我参观了你美丽的房子和更加美丽的花园，她能在这里长大是多么幸运。我会给她看我拍的照片，还有那本《小妇人》。我会告诉她你是一位怎样的学者，拥有成百上千的藏书，写了多少的专著。听到这些她会很高兴的。"

"记得告诉她，是她对书籍的热爱使我成为了一名学者，我至今仍然珍藏着那段记忆，她曾如此善待一个极其孤独且遭人嫌弃的小男孩。我此生永远不会忘记。你外婆对我的一生影响很大。

哦，是的，她的善良改变了我人生的轨迹。她离开后，我立志做些比在面包房工作更有意义的事情。她曾对我说：'尽快摆脱这种生活。你很幸运是个男孩。你的机会比我要多。'我努力学习。古迪塔支付了私人课程，为此我一直都很感激。后来我赢得了寄宿学院的奖学金，那是我赢得的第一份奖学金。是的，我最终能成为一名学者，古迪塔和弗朗西丝都发挥了很大的作用。现在，我把电邮地址给你，你可以写信告诉我事情的进展。"

里古拿起一支笔，写下他家住址和电邮地址。

*

"达芙妮，认识你真是太高兴了。"当她要走时，他握着她的双手说，"如果再来马耳他，一定要来看我。"

他把她送到门口，她迈步走上街道。走到街尾，她转身向他挥手。里古仍站在门口注视着她。

"他还没告诉我，那家甜品店是不是我外婆说的那家。"

她转错了两个弯，终于回到起点，那家甜品店。她拿出照相机，拍了张照片。

"要不要我给你在店门口拍张照片？"店主人问她。

"那真是太好了。"达芙妮说。

她站在一边，以免遮住陈列的蛋糕，她将了将头发，露出微笑。

"真美。"女人说，把相机还给了她。

*

里古·萨马特站在门口，看着这个年轻女人渐渐走远。

"如果她转身，如果她转身挥手，"他想，"我的问题就可以迎刃而解了。只要她转过身，挥挥手。"

他微笑着举手致意，因为就在拐角处，达芙妮转过了身，她看着他微笑着挥了挥手，然后走上了归途。

里古走进屋，关上门。他走进书房，把两个玻璃杯和托盘拿回厨房。

"你真是个傻老头，竟让这一切都取决于一次挥手。"他自嘲道。

他把两个杯子洗净擦干，放到头顶的架子上。把没吃完的杏仁饼干放在密封的铁罐里，擦干托盘和水槽，走向他的花园。他坐在葡萄架下面的石凳上，回想起那个年轻女人看到这花园时发出的惊叹和神色的变化。那欣喜的表情令他很是惊讶，当她的目光落在花园里时，那种喜悦照亮了她的脸。当她欣赏着这对称的布局、满地的香草鲜花和一株株果树时，他一直都在注视着她。他一直在等，等一个爱上他的花园的人，就像还是小男孩时的他爱上它，也像他结束旅途定居此处时，再次爱上它。他一直希望可以把这所房子留给一个爱它的人，像他，还有之前住在这里的两个女人。就这样，毫无征兆地，那位改变他一生的女人，她的外孙女出现了。

甜品店的女儿们

"但是她能从地球的另一边照顾好它吗？"他想。

"她会想出办法的。她肯定会的。"他打消了自己的疑问。

他的著作和研究论文将捐给大学，这他早就想好了。但是房子和花园呢？他将留给那个年轻女人，因为他知道利西娅和亨利的后代不会珍惜这房子。他们会把它卖了，把钱挥霍一空，就像他们对待古迪塔留下的其他产业一样。

明天他将去公证人那里更改遗嘱。付完丧葬费后剩下的钱，连同房子和房子里的一切，都将归达芙妮·科斯塔所有。这个决定令他十分激动，连午睡也睡不着了，何况午睡时间也已经过了。这姑娘搅动了他内心的某种东西，某种多年来一直沉睡着的东西。

"我该做些什么？"他问自己，突然之间，他感到一股电流流过他的血管，将他从怠惰中唤醒，热切得仿佛要去会他的情人一般。

*

他走进书房，坐在桌旁。他闭上眼睛，那个下午他谈及的人们都微笑着站在了他的面前。古迪塔，头发梳成一个紧紧的圆髻，烤炉把她的脸烘得通红，她那双棕色的眼睛正望着他，就像从前，当她对他怀有某种期待时那样。一个年轻人牵着利西娅的手，她额头上深深的忧虑消失了，目光明亮，脸上洋溢着喜悦的光彩。伊内兹和姬蒂手挽着手，直视着他，似乎想要告诉他什么。他的母亲，绘着丘比特弓唇，浓密的鬈发衬着她的脸庞，被亨利揽在怀中，站得远远的。他们都对他存有期望，虽然他也不知道那是什么，但他确信，凭着在他体内流淌的这股能量，不用太久他就能找到答案。

他站起来，走到架子前。他取下那天下午给达芙妮看的盒子，开始整理里面的东西。哦，是的，他知道他对自己的东西向来比较马虎，现在是时候做点什么了。他这样做是为自己，也是为那天来看他的那个蓝眼睛、黑头发的年轻女人，她的坦诚触动了他的心弦，她的问题把他带回了童年。

他拿起古迪塔的照片，细细地看着。他闭上眼睛，她的声音从他的童年传来。如此清晰，仿佛她就在这房间里，就在他的身边。

"我已经告诉过你，只要恩里科说他需要，就可以上私人课程，我有足够的钱来支付学费。"她对利西娅说。

他脸上挂着微笑，在书桌最上面的抽屉里翻找，拿出本崭新的笔记本。他拿起一支笔，写上日期，将古迪塔的照片放在身边，用他那春蚓秋蛇的字，开始书写她的故事。

一九一二年

古迪塔·瓦萨洛

父亲的葬礼弥撒结束，古迪塔·瓦萨洛坠着颗沉重的心回家。她在前门站定，理了理门环上被风吹乱了的黑色蝴蝶结，从口袋里掏出把大钥匙，打开门，走进面包房。关上门，脱下黑色的法尔代塔连帽斗篷，把它的褶皱收拢，将衬有硬纸板的帽檐贴在胸前，她走过两个木桶、柜台和烤炉，眼中却似乎什么也没有看到。打开通往后屋的门。在狭窄的走廊中她呼吸着清冷的空气，把法尔代塔斗篷挂在门后的钉子上，然后上楼走进自己的卧室……

致 谢

首先我要感谢查尔斯·萨皮亚诺，他为我打开了通往马耳他面包师世界的大门。他讲述的面包师、面包房和老烤炉的故事令我十分着迷。他优雅而快乐地分享了他的故事，那是他年轻时在马耳他自家面包房的工作经历。如果没有他的描述，这本书不可能有这么丰富的细节，那是只有在那个时代生活过的人才会知道的。感谢玛丽亚和埃马努埃莱·奇利亚的热情款待。谢谢你们！

感谢玛丽·埃卢尔和乔安妮·宾斯·德罗菲尼科，感谢你们的阅读、编辑，我心怀感激地接受了你们明智的建议。感谢戴维·贝齐纳以及其他地平线出版社工作人员的专业精神和善意优待。

感谢家人们和读者们一如既往的支持和鼓励，万分感谢。

译后记

最初被这本书吸引，因为这是一个关于外婆的外婆的故事——一部女性家族史。女性在乱世中谋生，凭一己之力养育孩子，被命运一而再再而三地捉弄，与无情的世界抗争，与自身的欲望缠斗，这不正是我一直想写的故事吗？

一个家族五代女性逐一登场，场景从第一次世界大战前的地中海孤岛马耳他，切换到二十一世纪地球另一边的澳大利亚，一个家族的百年写出了两个世界的感觉。

母系的寻根比父系的寻根要难，无论在中国还是西方，族谱中对女性的记录都少之又少。女性出嫁以后，地址变了，姓氏变了，朋友圈也变了，经过一些年月，要寻找她生命的足迹就变得十分困难。一生仿佛被砍成了两截，难怪乎，女人结婚也被称为二次投胎。

结婚生子的女性，隐在男性身后，主要角色就是妻子母亲，一辈子像陀螺一样，忙碌不休，却始终原地旋转，似乎也就失去了著书立传的必要。小说中的前三代女性，因为各种不幸失去了配偶，却也正是在这种男性缺席的情况下，女性反倒显现出了她们身为独立个体的价值。

限制女性发展的力量何其之多，父权、夫权、宗教、世俗，甚至子女。但和其他禁锢不同的是，孩子在母亲身上激发的能量远大于消耗的能量。就拿我自己来说，生孩子以前，想象中的自己有着无限的可能，生孩子以后才发现，自己能做到的，远比想象中的更多。

本书作者卢·德罗菲尼科是一名女性，也是一位移民。对于移民而言，母国的文化历史是他们的根，寻根几乎是一种本能。她的小说建立在广泛的历史研究的基础之上。作者在书中详细描绘了自己的故乡——有"地中海心脏"之称的马耳他，百年前寻常人家的住宅、饮食、服饰、民俗。连帽斗篷"法尔代塔"、公用烤炉"沙瓦"、吊床摇篮"本涅娜"、黑色妖怪"巴巴妖"，正是这些细节让读者仿佛穿越时空。

书中引用了一些马耳他语词汇，这是一种起源于阿拉伯语，又杂糅了意大利语、法语和英语的语言，现今大约只有几十万人仍在使用这种语言。为了翻译这些马耳他语，我旁逸斜出地读了一些有趣的资料。

比如书中提到的连帽斗篷"法尔代塔"，又名"贡内拉"，是马耳他独有的服装，在马耳他流行了好几百年，现在已几近绝迹。它由棉布或者丝绸制成，长度一般过膝，帽檐由藤条或鲸骨撑起，行走时用手捏住衣襟，面部在帽檐的遮挡下时隐时现。旅行家、插画家威廉·亨利·巴特利特曾在一八五一年这样描写过它：能令丑女也变得迷人……如修女般庄重，却又俏皮妖娆……深邃的黑眼睛更显灵动。这不禁让我产生了"犹抱琵琶半遮面"的联想。

还有书中提到的马耳他经典小说《银十字架》，出版于一九三九年，我甚至刷到了几十年前据此拍摄的电视剧，一个富家小姐和穷小子的爱情悲剧。看着片头地中海的滔滔海水，不知怎的，脑海里却响起了《上海滩》的主题曲。

　　译完这本书再去地中海，看到路边咖啡店里神侃着的老人们，虽然我听不懂他们的语言，却感觉已经认识他们很久了。

二〇二二年四月

于瑞士

Lou Drofenik
THE CONFECTIONER'S DAUGHTER
Copyright © 2016 by Lou Drofenik
Simplified Chinese edition copyright @ 2023 Archipel Press
All rights reserved.

图字：09-2022-0667 号

This book was published with the support and funding of the National Book Council (Malta) as part of a cultural exchange programme set by the NBC and Archipel Press.

图书在版编目（CIP）数据

甜品店的女儿们/（马耳他）卢·德罗菲尼科著；
王颖译. — 上海：上海译文出版社,2023.8
书名原文：The Confectioner's Daughter
ISBN 978-7-5327-9334-1

Ⅰ.①甜… Ⅱ.①卢…②王… Ⅲ.①长篇小说—马
耳他—现代 Ⅳ.①I549.45

中国国家版本馆CIP数据核字（2023）第122347号

甜品店的女儿们
[马耳他]卢·德罗菲尼科 著 王颖 译
特约策划/彭伦 郭歌 责任编辑/龚容 封面设计/吕袭明

上海译文出版社有限公司出版、发行
网址：www.yiwen.com.cn
201101 上海市闵行区号景路159弄B座
上海市崇明县裕安印刷厂印刷

开本 889×1194 1/32 印张 8 插页 2 字数 116,000
2023 年 8 月第 1 版 2023 年 8 月第 1 次印刷
印数：0,001—5,000 册

ISBN 978-7-5327-9334-1/I·5824
定价：65.00 元